ODES

ET

POÉSIES DIVERSES,

Par A. CUNYNGHAM.

A PARIS,

Chez
{
Firmin Didot père et fils, rue Jacob, N° 24.
Delaunay, Palais-Royal, galerie de bois.
Pélicier, place du Palais-Royal.
Le Normant, rue de Seine, N° 8.
Nepveu, passage des Panoramas.
}

1821.

ODES

ET

POÉSIES DIVERSES.

ODES

ET

POÉSIES DIVERSES,

Par A. CUNYNGHAM.

Vos, ô Calliope, precor, aspirate canenti.
VIRG.

A PARIS,

DE L'IMPRIMERIE DE FIRMIN DIDOT,

IMPRIMEUR DU ROI, RUE JACOB, N° 24.

1821.

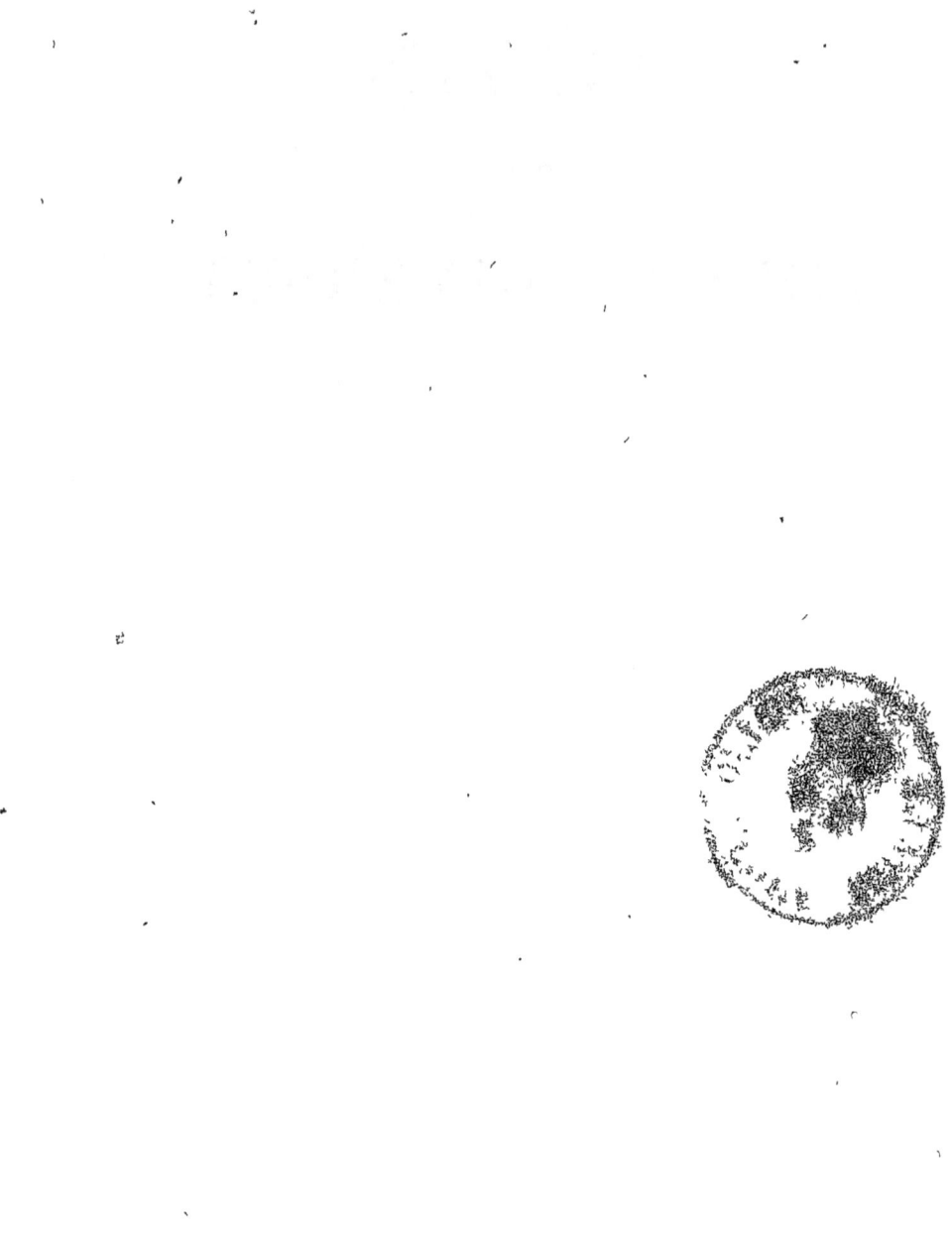

ODES.

ODE I.

A LA NUIT.

Souveraine mystérieuse,
Qui te plais dans l'obscurité,
Que j'aime, ô Nuit silencieuse,
Ton imposante majesté !
Dans la solitude paisible,
Toujours, par un charme invincible,
Ta présence vient m'enchanter ;
Et quand tout dort sous ton empire,
Mon esprit veille, et sur la lyre
Ma voix s'apprête à te chanter.

ODE I.

Sitôt que tes voiles funèbres
Sont déployés sur l'univers,
Pour illuminer tes ténèbres,
Combien brillent d'astres divers !
Depuis le Midi jusqu'à l'Ourse,
Chaque étoile, guidant ta course,
A ton char prête son flambeau ;
Et Phébé, qui sur la nature
Répand sa clarté douce et pure,
Rend ton triomphe encor plus beau.

Alors le ruisseau dans la plaine
Roule ses flots plus mollement ;
De Zéphyre la fraîche haleine
Soupire plus légèrement ;
Philomèle nous fait entendre
Les accents d'une voix plus tendre,
Tandis que la belle Cypris,
Avec l'Amour qui suit ses traces,
En dansant au milieu des Graces,
Foule du pied les prés fleuris.

Mais quelquefois le fier Éole
Vient troubler ton règne si doux,
Et sur nos climats qu'il désole
Déchaîne les vents en courroux.
Ce dieu sur-tout nous est funeste
Lorsqu'en la Balance céleste
Le soleil s'est précipité,
Et, dans sa rapide carrière,
De ton ombre et de sa lumière
Nous annonce l'égalité.

Soudain, de ses antres sauvages,
L'autan s'élance furieux,
Sur la terre étend ses ravages,
Agite la mer et les cieux.
Sous lui tout cède, tout succombe;
La tour croule, le chêne tombe;
Les flots ébranlent les rochers;
L'ouragan brise le navire,
Et la mort sur l'humide empire
Attend les malheureux nochers.

Loin de nos rives tempérées
Si je porte mes pas errants,
Combien les diverses contrées
Te donnent d'aspects différents !
Dans la froide et lugubre zône
Où l'hiver a fixé son trône,
Du Lapon s'ouvrent les déserts,
Et, sur ces plages boréales,
Je vois tes ombres glaciales
Trois mois envelopper les airs.

Mais la nature en sa sagesse
Sait éclairer ces noirs climats,
Et, pour égayer ta tristesse,
Lance des feux sur leurs frimas.
Là des météores superbes,
En arcs, en colonnes, en gerbes,
D'un vif éclat peignent les cieux ;
Et de l'aurore orientale
Les clartés que le pôle étale
Égalent les rayons pompeux.

Après la plus belle journée,
Souvent l'Afrique, avec terreur,
Te voit tout-à-coup amenée
Par les orages en fureur.
L'ombre étend son horreur profonde;
Le vent siffle, la foudre gronde;
L'écho des cavernes mugit;
Tandis qu'à ce bruit redoutable
Mêlant sa voix épouvantable,
Le lion affamé rugit.

Lorsque tu règnes, cette lutte
Peut tourmenter les éléments;
Mais l'homme doit-il être en butte
Aux sombres fureurs de ses sens?
Tu parais, et l'homme coupable
Souvent, pour perdre son semblable,
Saisit ce moment solennel :
La trahison, la violence
Firent toujours de ton silence
L'usage le plus criminel.

C'est alors qu'un mortel infâme,

Que Sinon parvint à livrer

Les remparts sacrés de Pergame,

Où le fourbe sut pénétrer.

Les Grecs s'emparent sans combattre

Des murs que Mars ne put abattre,

Par Achille assiégés en vain :

C'en est fait, et la noble Troie

Après dix ans devient la proie

Des feux d'un vainqueur inhumain.

Quel sang, farouches Danaïdes,

Rougit vos homicides bras ?

Quoi! l'hymen dans vos lits perfides

Ne rencontre que le trépas !

O monstres dignes du Tartare !

Vous osez d'un père barbare

Servir l'implacable courroux ;

Et, dans votre troupe cruelle,

Une seule, à l'amour fidèle,

Sauve les jours de son époux !

Mais pourquoi de l'antique Fable
Tirer ces forfaits ténébreux ?
L'Histoire, hélas ! trop véritable,
En présente de plus affreux.
De Médicis la France entière,
Par une rage meurtrière,
Seconde les sanglants desseins ;
Et de leurs frères hérétiques
Les Français, bourreaux fanatiques,
Égorgent les nombreux essaims.

Quelles scènes épouvantables.
Tout-à-coup s'offrent devant moi !
Par-tout des clameurs lamentables,
Par-tout le carnage et l'effroi !
La mort vole ; et ses yeux avides,
S'arrêtent sur ces corps livides
Au cours de l'onde abandonnés,
Et qui, privés de sépulture ;
Chez Thétis servent de pâture
Aux monstres des flots consternés.

O Nuit! ce ne sont point tes crimes
Que je déteste en ces excès;
Si tu vis tomber ces victimes,
Ce fut par l'erreur des Français.
Le fanatisme le plus sombre,
Mille fois plus noir que ton ombre,
Arma l'aveugle nation,
Qui, dans ce forfait exécrable,
Ne vit plus qu'une œuvre agréable
Aux yeux de la religion.

Mais la piété simple et pure,
Loin de massacrer les humains,
Dans ton heure la plus obscure
Leur porte ses secours divins.
Des cieux cette fille immortelle
Les assiste tous avec zèle,
Donne à chacun les mêmes soins;
Et si leur croyance diffère,
Tout le bien qu'elle peut leur faire,
Sa bonté ne le fait pas moins.

Approchons de cette retraite
Où gît le malade souffrant :
Il gémit, et son ame est prête
A quitter son corps expirant.
Quand l'espérance le délaisse,
L'humble religion s'empresse
D'adoucir son funeste sort :
Elle parle ; à sa voix sublime,
La douleur fuit ; il se ranime,
Et sans effroi songe à la mort.

Que dis-je ? en un cachot horrible,
Cette religion soudain
Paraît, dans un moment terrible,
Aux regards du pâle assassin.
Il la voit, il l'écoute, il pleure ;
Il se repent, et, quoiqu'il meure,
Il se sent moins infortuné :
Son cœur, quand le trépas s'avance,
Sent que la divine clémence
A ses remords a pardonné.

Ainsi, quand tu parcours la terre,
Nuit, témoin de pareils bienfaits,
Ah! que ta marche solitaire
Se marque par d'heureux effets !
Du repos, ô mère adorable !
Verse, d'une main secourable,
Verse le calme en notre cœur;
Et, par de riantes imagés,
D'un jour tranquille et sans nuages
Prolonge encore le bonheur.

Par le sommeil où tu le plonges,
Rafraîchis l'homme vertueux ;
Qu'il puise en tes aimables songes
L'oubli des soins tumultueux :
Sois pour lui comme la rosée
Qui, dans la campagne embrasée,
Des plantes guérit la langueur ;
Qu'en saluant la jeune Aurore,
Pour ses travaux il puisse encore
Retrouver toute sa vigueur.

Guide sous tes secrets auspices
L'amant vers l'objet de ses vœux ;
Couvert de tes ailes propices,
Que rien ne trahisse ses feux.
L'amour. recherche le mystère,
Et c'est ton voile tutélaire
Qui le dérobe à l'œil jaloux ;
C'est toi qui de l'ame attendrie
Dans le sein. de la rêverie
Nourris le penchant le plus doux.

Favorise toujours ces sages
Qui, remplis d'admiration,
Contemplent les plus beaux ouvrages
De l'immense création :
Découvre à leur vue inquiète
Ces corps errants, cette comète,
Dont Newton traça le chemin ;
Et des enfants de l'harmonie
Inspire le noble génie,
Charme éternel du genre humain.

Ces faveurs, dès les premiers âges,

T'avaient mérité des autels,

Et l'on applaudit aux hommages

Qu'alors t'adressaient les mortels.

Pour moi, plein de reconnaissance,

A ta bienfaisante puissance

Je consacre ici mes accords,

Et t'offre ces chants où toi-même,

Me montrant ta beauté suprême,

Daignas sourire à mes efforts.

ODE II.

A UNE INSENSIBLE.

Pourquoi, trop aimable Délie,
Perdre ainsi des jours précieux?
Faut-il, au printemps de la vie,
De l'amour dédaigner les feux?

Songe qu'il est deux dieux terribles
Qui se vengent de tels mépris :
Tôt ou tard les cœurs insensibles
En sont payés d'un juste prix.

Redoute, si tu veux m'en croire,
L'Amour et le Temps à-la-fois;

2.

Cesse enfin de mettre ta gloire
A braver leurs puissantes lois.

Quand l'Amour trouve une cruelle,
Il se plaît à l'humilier,
Et, près d'une autre moins rebelle,
Il sait nous la faire oublier.

A nos yeux sa beauté funeste
Perd ses prestiges séducteurs :
Tout l'abandonne ; il ne lui reste
Que de vains regrets et des pleurs.

Le Temps, plus rigoureux encore,
Nous garde un autre châtiment,
Et sur notre stérile aurore
Nous fait gémir plus tristement.

Si l'on ne sait en faire usage,
Si l'on diffère de jouir,
Loin de nous, avec le jeune âge,
Il emporte le doux plaisir.

Ce fleuve échappé de sa source,
Roulant ses flots précipités,
Jamais ne revient, dans sa course,
Baigner les lieux qu'il a quittés.

Tel, à travers l'espace immense,
Le Temps fuit et ne revient plus :
Tous les instants qu'il nous dispense
Pour nous sont aussitôt perdus.

Ce dieu, d'une aile infatigable,
Parcourt sans cesse l'univers ;
Par-tout sa faux épouvantable
En frappe les peuples divers.

Du monument le plus superbe
Il anéantit la splendeur,
Et l'œil trouve à peine, sous l'herbe,
Les vestiges de sa grandeur.

Il engloutit sur son passage
Honneurs, talents, vertus, beauté :

Rien dans ce monde qu'il ravage
N'échappe à sa sévérité.

Hélas! de celle que j'adore
Il flétrira les doux attraits!
Cet incarnat qui la colore
Doit s'évanouir à jamais!

Ainsi que la rose nouvelle,
L'orgueil de nos jardins fleuris,
Qui le matin paraît si belle,
Le soir voit ses charmes détruits.

Ainsi l'on voit de la jeunesse
En peu d'instants fuir les appas;
Et bientôt la froide vieillesse
Arrive et nous mène au trépas.

Alors plus d'amour, plus de joie;
La nuit succède à nos beaux jours,
Et des ombres qu'elle déploie
Nous enveloppe pour toujours.

ODE III.

ÉLOGE DE J.-B. ROUSSEAU.

Qui réveille en ce jour les accords de ma lyre?
Quel pouvoir tout-à-coup excite le délire
    Qui s'empare de moi ?
Muse ! prête à ma voix une force nouvelle ;
Seconde mon ardeur : le sujet qui m'appelle
    Est bien digne de toi.

A l'un des favoris du dieu de l'harmonie,
Au sublime Rousseau, cet immortel génie,
    Consacrons nos accents.
Ah! pour le célébrer, que n'ai-je cette flamme,
Que n'ai-je ces transports qui passaient de son ame
    Dans ses rapides chants !

Tel que du haut des monts un torrent redoutable
Tombe, bondit, écume en sa course indomptable,
    Et fait mugir ses bords ;
Mais enfin dans la plaine appaise sa colère,
Roule en fleuve pompeux, et de son onde claire
    Verse au loin les trésors :

Tel le divin Rousseau s'élance, éclate, et tonne.
Sa muse quelque temps nous frappe et nous étonne
    Par ses superbes sons ;
Puis, calmant par degrés la fougue qui l'entraîne,
Puise tranquillement aux sources d'Hippocrène
    Ses utiles leçons.

Il chante : c'est la voix majestueuse et sainte
Que Sion entendit dans son auguste enceinte
    Foudroyer les pervers ;
Ou qui de l'Éternel, en de plus doux cantiques,
Célébrait la grandeur, les œuvres magnifiques,
    Et les bienfaits divers.

Où suis-je? quels objets! J'entends le bruit des armes!
Je vois tous les Chrétiens affronter les allarmes
    Et signaler leurs bras !
Je vois des Ottomans périr la fière élite,
Et le sultan lui-même échapper par la fuite
    Aux horreurs du trépas !

Vainement la Fortune a frémi de l'outrage
Qu'un mortel dans ses vers, noble et sublime ouvrage,
    A fait à son pouvoir ;
La sagesse, en ces vers par-tout victorieuse,
Instruit l'homme à dompter la déesse orgueilleuse
    En traçant son devoir.

Malheureuse Circé! tu pleures, tu menaces ;
Tu prétends, par ton art, ramener sur ses traces
    Un amant qui te fuit :
Hélas! l'Amour se rit de tes douleurs cruelles,
Et ton art trouble en vain les ombres éternelles
    De l'infernale nuit.

Mais quels accents plaintifs affligent mes oreilles,
Et viennent remplacer les brillantes merveilles
       De ce chantre vanté?
Ah! ce sont les chagrins d'une pénible vie,
Dont il offre l'image à la vue attendrie
       De la Postérité.

Eh! par quels maux le sort, éprouvant sa constance,
N'a-t-il point en effet de sa triste existence
       Empoisonné le cours?
L'implacable Discorde, et l'Envie, et la Haine,
S'unirent pour former une invincible chaîne
       Où languirent ses jours.

Abandonné, banni de sa terre natale,
Il cherche à se soustraire à la ligue fatale
       De ses persécuteurs;
Et, réduit à quitter les champs de la patrie,
Il pense, en s'éloignant, éviter leur furie
       Sur des bords protecteurs.

Mais de ses ennemis la rage envenimée,
Par son absence même à sa perte animée,
  Le poursuit de nouveau ;
Et l'atteignant encore où le destin l'exile,
Elle ne permet pas qu'il y trouve un asyle
  Même au sein du tombeau.

Toi sur-tout, du génie et la honte et la gloire,
Voltaire ! n'as-tu point déchiré sa mémoire
  Des traits les plus sanglants ?
Ne pouvais-tu donc voir le malheur respectable
Dans celui dont jadis ta raison équitable
  Respecta les talents ?

D'abord, le chérissant comme on chérit un frère,
A cet infortuné ton estime sincère
  T'avait long-temps uni ;
Lorsque enfin succéda la discorde funeste,
Et le doux sentiment de l'amitié céleste
  De ton cœur fut banni.

Comment de ton esprit la noble intelligence
A-t-elle pu flétrir, par la basse vengeance,
          Les plus beaux dons du ciel?
Devait-elle imiter la sombre frénésie
De ces lâches mortels à qui la jalousie
          Inspira tant de fiel?

D'infâmes chants, dit-on, le rendirent coupable;
Mais il a trop payé ce travers déplorable,
          Source de ses malheurs.
Si jamais de tels vers ont avili sa muse,
N'a-t-il point expié l'erreur dont on l'accuse
          Par ses longues douleurs?

Vous donc, qui violez le repos de la tombe,
Barbares! arrêtez lorsque Rousseau succombe
          Sous la faux du trépas:
Cessez d'injurier qui ne peut se défendre;
Cessez, dans vos fureurs, d'insulter une cendre
          Qui ne vous répond pas.

Que dis-je ? s'il se tait, votre noire malice
De la Postérité, dont il attend justice,
    A soulevé la voix.
De tous les attentats de vos bouches profanes
Elle vient vous punir, et consoler ses mânes
    Outragés tant de fois.

La sensible Pitié, la Vérité fidèle,
Lui font chercher soudain la demeure éternelle
    Des sages, des héros :
Là, dans la majesté dont elle est revêtue,
Du lyrique français elle surprend la vue,
    Et s'explique en ces mots :

« Rassure-toi, lui dit cette vierge sacrée ;
« Ton humble plainte, au sein de la voûte éthérée,
    « A passé jusqu'à moi.
« Je vais venger enfin ton illustre infortune,
« Et confondre ces cris qu'une foule importune
    « Élève contre toi.

« Que peuvent ces clameurs contre tes chants célèbres ?

« Par leurs croassements, tels les corbeaux funèbres

　　　« Troublent la paix des airs ;

« Tandis que Philomèle, objet de notre hommage,

« Loin de leur vil essaim, remplit le vert bocage

　　　« D'harmonieux concerts.

« Dégagé des liens d'une mortelle vie,

« Parmi les noms fameux ton nom, malgré l'envie,

　　　« Sera toujours cité ;

« Et ta gloire, bravant le temps inexorable,

« Est à jamais gravée au livre impérissable

　　　« De l'immortalité.

« Si des ennuis sans nombre ont marqué ta carrière,

« Souviens-toi qu'à souffrir, par une loi sévère,

　　　« Chacun est condamné ;

« Que souvent du malheur le mérite est victime,

« Et qu'on a vu cent fois l'homme le plus sublime

　　　« Le plus infortuné.

« Vois le chantre d'Achille, et Milton, et le Tasse :

« Le sort conduit leurs pas au sommet du Parnasse

« Par d'épineux sentiers ;

« Ils éprouvent par-tout sa rigueur inflexible ;

« Et ce n'est qu'au tombeau que le ciel plus sensible

« Leur offre des lauriers.

« Tu gémis, je l'entends, et ton ombre murmure

« Que ce ciel ait voulu fixer ta sépulture

« Loin du sol paternel :

« Mais combien de mortels, que l'univers honore,

« Ont du même destin que ton ame déplore

« Subi l'arrêt cruel !

« Du vaillant Scipion ce fut là le partage ;

« Mais d'un pareil revers le vainqueur de Carthage

« Se console en mourant.

« Il sait qu'il peut braver l'injustice de Rome,

« Et que l'adversité qui frappe le grand homme

« Le rend encor plus grand. »

C'était par ces discours que la sage déesse
De l'illustre Rousseau dissipait la tristesse
　　　Dans le séjour des morts.
Il sourit ; et, charmé de ses divins suffrages,
S'enfonce lentement sous les sacrés ombrages
　　　De ces paisibles bords.

Au milieu des esprits qui peuplent cet empire,
Il reçoit, du respect que sa présence inspire,
　　　Le prix de ses travaux ;
Et, tranquille à côté de Pindare et d'Horace,
Il trouve dans l'honneur d'une si noble place
　　　L'oubli de tous ses maux.

ODE IV.

SUR LE PRINTEMPS.

L'HIVER avec son noir cortège
Cesse de désoler ces lieux :
Il fuit enfin loin de nos yeux,
Et, sur des nuages de neige,
Vole vers ces affreux climats
Que le fier Aquilon assiège
Et couvre d'éternels frimas.

De la tempête vagabonde
On n'entend plus le sifflement ;
Un vent plus doux en ce moment
Parcourt les cieux, la terre et l'onde,

Échauffe le sein des guérets,
Fait renaître l'herbe féconde,
Et rend leur parure aux forêts.

Les ruisseaux, tombant des montagnes,
Murmurent sur leur vert penchant;
Les oiseaux reprennent leur chant;
Tout se ranime en nos campagnes;
Et, charmés de s'y réunir,
Zéphyre, Flore et ses compagnes,
S'empressent de les embellir.

Progné se plaît à reconnaître
Ce fleuve, ces prés, ces coteaux;
Elle revole à ces hameaux
Qui dans leur sein la virent naître,
Et vient y choisir à son tour
L'abri de quelque toit champêtre
Pour les doux fruits de son amour.

Mais, songeant toujours à l'outrage
Dont jadis rougit sa pudeur,

Pour se cacher, sa triste sœur
Cherche le plus obscur ombrage,
Et, sous la voûte des forêts,
Dans son mélodieux ramage,
Soupire ses ennuis secrets.

La nature, lorsqu'elle chante,
L'écoute dans un doux repos;
La Naïade arrête ses flots
Pour jouir de sa voix touchante;
Et, pour l'entendre chaque jour,
L'homme sensible qu'elle enchante
Des cités quitte le séjour.

Eh! qui peut préférer la ville,
Ses noirs brouillards, son air impur,
A l'air salubre, au ciel d'azur
Qu'offre la campagne fertile?
Quel mortel, ennemi des champs,
Ne court point dans leur sein tranquille
Saluer l'aimable Printemps?

Que l'on jouit de la nature
Dès que renaissent les beaux jours!
Qu'avec plaisir, après le cours
D'une longue et triste froidure,
Je vois sourire nos vallons,
Et reparaître la verdure
Que flétrirent les aquilons !

Recevez-moi, jeunes Dryades,
Dans vos asyles fortunés :
Vers vous mes pas sont ramenés ;
Et, dans vos vertes promenades,
Je reviens solitairement
Rêver encor près des cascades
Dont j'aime le mugissement.

Sitôt que l'Olympe se dore
Des premiers rayons de Phébus,
J'erre parmi vos bois touffus,
Et parcours ces champs où l'Aurore
A versé ses humides pleurs

Qui, sur la fleur qui vient d'éclore,
D'Iris étalent les couleurs.

Des lieux où le hasard m'entraîne
J'admire les aspects divers,
Ces coteaux de troupeaux couverts,
Ce lac paisible, cette plaine
Où flotte l'espoir des moissons,
Et ces prés, fertile domaine
Que Flore a paré de ses dons.

La primevère·épanouie
Sur le gazon brille à mes yeux;
Par son parfum délicieux,
L'humble violette est trahie;
Et déja nos bosquets charmants
De la déesse d'Idalie
Présentent la fleur aux amants.

Mais si l'astre qui nous éclaire
S'arme de feux trop violents,

Qu'on aime à fuir ses traits brûlants
Sous leur ombrage tutélaire,
Frais et silencieux séjour
Où règne le tendre mystère,
La paix, l'innocence et l'amour !

Amour ! charme de l'existence,
Tu triomphes dans ces instants !
C'est sur-tout dans cet heureux temps
Que tout reconnaît ta puissance,
Les airs, et la terre, et les eaux,
Et depuis la baleine immense
Jusques aux moindres vermisseaux.

Au haut des cieux l'aigle intrépide
De tes feux se sent enflammé,
Et soudain vers l'objet aimé
S'élance d'une aile rapide ;
Tandis que le cygne argenté,
Au milieu de l'onde limpide,
A tressailli de volupté.

Plein de l'ardeur qui le tourmente,
Vole le coursier frémissant ;
Les ravins, le mont menaçant,
Du torrent la vague écumante,
Rien ne saurait le retenir,
Et déja, près de son amante,
En vainqueur je l'entends hennir.

Sur l'homme ta flamme éternelle
Produit de plus nobles effets :
Aux plaisirs des sens satisfaits,
Il joint ceux de l'ame immortelle.
L'amant jouit à chaque pas ;
Et pour lui la saison nouvelle
A de plus ravissants appas.

La fleur que le zéphyr caresse,
Le bruit des limpides ruisseaux,
Leur fraîcheur, l'ombre des berceaux,
L'aimable objet de sa tendresse,
Tout captive et charme son cœur,

Tout semble, en ces moments d'ivresse,
Ne conspirer qu'à son bonheur.

Il fut un temps où la nature
Ne connut que ces jours sereins :
Alors les paisibles humains
Foulaient sans cesse la verdure ;
Un doux soleil brillait sur eux ;
Et leur ame innocente et pure
Était digne de ces beaux cieux.

Bientôt le crime sur la terre
Changea cet ordre fortuné.
L'homme au malheur fut condamné :
Le froid, l'ouragan, le tonnerre,
L'accablèrent de leurs fléaux ;
Et l'orgueil, la haine, et la guerre,
Mirent le comble à tous ses maux.

Dès-lors, de ce monde perfide
S'exila l'auguste Thémis :

On vit les frères, les amis,
Tomber sous un fer parricide ;
L'ambition arma les rois ;
Et, près de ce monstre homicide.
L'humanité perdit ses droits.

Ah ! que des nations sauvages
Répandent le sang des mortels ;
Mais nous, par nos exploits cruels,
Ne souillons plus d'heureux rivages ;
Et que les trésors des sillons
Ne soient plus livrés aux ravages
D'impitoyables bataillons !

Du Printemps respectons l'empire ;
Cessons nos coupables fureurs.
Quand l'amour règne en tous les cœurs,
Quand tout s'empresse de produire,
Songeons au Dieu qui nous a faits,
Et n'employons plus à détruire,
Des jours marqués par ses bienfaits.

ODE V.

A MA LYRE.

Reçois l'offrande qui t'est due,
Toi qui charmes tous mes loisirs,
O Lyre! compagne assidue
De mes peines, de mes plaisirs!

Jadis, sur ma paisible vie
Le ciel répandit ses faveurs,
Et ton agréable harmonie
En vint augmenter les douceurs.

Mais bientôt de tristes alarmes
Troublèrent mes jours et mes nuits;

Mes yeux ne s'ouvraient plus qu'aux larmes,
Mon cœur était rongé d'ennuis.

Alors, ô ma Lyre fidèle !
C'est à toi que j'avais recours ;
Et de cette douleur cruelle
Tu savais suspendre le cours.

Oui, tu fus ma consolatrice
Dans tous les lieux, dans tous les temps :
Toujours à ton pouvoir propice
J'ai dû mes plus heureux instants :

Soit que par l'aimable folie
L'amour animât mes chansons ;
Soit que de la mélancolie
Tu fisses retentir les sons :

Soit qu'enfin, avec plus d'audace,
Ma muse voulût essayer
Ces chants dont l'immortel Horace
Sut charmer le Romain guerrier.

Mais quel caprice inconcevable
Dirige souvent tes accords?
Tantôt je te vois favorable,
Tantôt rebelle à mes transports.

C'est ainsi qu'une jeune amante,
Par l'effet d'un bizarre amour,
Aux vœux de celui qu'elle enchante
Cède et résiste tour-à-tour.

Parfois sur tes cordes dociles
Ma main erre légèrement,
Et sous mes doigts les sons faciles
Se succèdent rapidement.

Mais d'autres fois, dans mon délire,
A ma voix croyant t'accorder,
Je ne retrouve plus ma Lyre.....
Tu ne veux plus me seconder.

Cependant, avec patience,
Je me soumets à tes refus;

Car ce n'est que par la constance
Que les obstacles sont vaincus.

Des arts la pénible carrière
Est pleine de sentiers ingrats ;
Le volage et faible vulgaire
N'y saurait diriger ses pas.

Mais c'est sur-tout à l'Hippocrène
Qu'on n'arrive pas sans efforts :
Profanes, de cette fontaine
Vous cherchez vainement les bords.

De ces beaux lieux le dieu sublime
Ne vous admet point à sa cour :
Un encens pur et légitime
Peut seul nous ouvrir ce séjour.

Phébus rit d'un frivole hommage
Présenté par la vanité,
Qui pense obtenir son suffrage
Et rêve l'immortalité.

Il détruit la gloire éphémère
Des ouvrages qu'elle produit,
Comme l'insecte téméraire
Meurt au flambeau qui le séduit.

Sans le travail, sans le génie,
N'espérons rien du dieu des vers;
C'est pour eux seuls que l'Aonie
Garde ses lauriers toujours verts.

C'est par-là que, cherchant la gloire,
L'homme sans nom peut s'illustrer,
Et que le temple de mémoire
Dans son sein le voit pénétrer.

C'est par-là qu'Homère et Pindare
Jouissent des honneurs des dieux,
Et bravent le sombre Ténare
Sur le Parnasse radieux.

ODE VI.

L'ITALIE.

Tel qu'un homme au milieu d'un agréable songe,
Dans les illusions où son esprit se plonge,
En de magiques lieux est soudain transporté,
Marche dans ce séjour de prestige en prestige,
  Et sur chaque prodige
Avec étonnement jette un œil enchanté :

Telle, au riant aspect de l'heureuse Italie,
D'un doux ravissement mon ame était remplie,
Et mes regards erraient dans l'admiration :
S'unissant pour charmer ma course vagabonde,
  Les cieux, la terre et l'onde,
Sans cesse nourrissaient ma vive émotion.

Eh ! qui n'admirerait ces riches paysages,

Ces montagnes, ces prés, ces vallons, ces bocages;

Ces cascades, ces lacs d'un cristal toujours pur,

Et ces champs qui jamais ne demeurent stériles,

      Où les moissons fertiles

Mûrissent sous un ciel du plus brillant azur?

Et quel air bienfaisant, quelle température

Règne dans ces climats que chérit la nature !

L'homme n'y connaît point les rigoureux hivers :

On dirait qu'à jamais Flore et le doux Zéphyre

      Y fixent leur empire,

Comme aux jours fortunés où naquit l'univers.

Mais si l'on est épris de ces belles contrées,

Combien les souvenirs qui les ont illustrées

Sur le mortel sensible agissent puissamment !

Tout, dans ces lieux fameux, retrace à sa mémoire

      Ces âges dont l'histoire

Lui montre à chaque pas un noble monument.

Ici, de Cicéron était le docte asile ;
Là, s'élève la tombe où repose Virgile ;
Plus loin est ce volcan d'où s'échappe la mort,
Qui cache des cités sous ses laves horribles,
     Et dont les feux terribles
Du grand Pline jadis terminèrent le sort.

O Rome, tu n'es plus ! mais ta gloire vivante
Sur tes débris sacrés plane encor triomphante :
J'en distingue toujours le lumineux flambeau ;
J'aperçois tous ces noms que l'univers adore,
     Et qui brillent encore
Dans la profonde nuit qui couvre leur tombeau.

Ah ! lorsqu'à tes vertus mon ame rend hommage,
De tes crimes affreux faut-il m'offrir l'image ?
Je vois par les forfaits commencer tes destins ;
Je vois de Romulus le glaive sanguinaire
     Par le meurtre d'un frère
Épouvanter les murs qu'avaient fondés ses mains.

Du paisible Numa l'esprit philosophique
Dédaigna d'usurper un pouvoir tyrannique.
Il polit l'Italie, il lui donna des lois;
Sa justice ferma le temple de la guerre,
   Et fit voir à la terre
Que le bonheur du peuple est le devoir des rois.

Sous les princes suivants, Rome fut moins heureuse :
On maudit de Tarquin la puissance orgueilleuse ;
Et son fils, ennemi de toutes les vertus,
Par l'affront qu'à Lucrèce imprima son audace,
   Fit proscrire la race
Des rois que détrôna l'implacable Brutus.

C'est peu : de ses enfants ordonnant le supplice,
Brutus à sa patrie offrit ce sacrifice,
Étouffant sans pitié la nature en son cœur;
Et sous le consulat, par des maximes sages,
   Rome vit plusieurs âges,
Grande dans ses revers comme dans son bonheur.

C'est durant ces beaux jours que cette république .
Enfantant des héros sous le chaume rustique,
De simples laboureurs fit d'illustres guerriers,
Et qu'enfin éclata le courage sublime
      Du vainqueur magnanime
Qui du fier Annibal flétrit tous les lauriers.

Rome! avec ces vertus, que tu fus redoutable!
Mais à peine tu perds cet appui respectable,
Qu'on te voit retomber sous des tyrans nouveaux,
Marius dans ton sein exerce sa furie;
      Et, dans sa barbarie,
Sylla surpasse encor ses féroces rivaux.

César enfin paraît, et le monde respire.
César, des maux récens où fut plongé l'empire,
Après l'avoir vaincu, consolait le Romain;
Quand des traîtres, jaloux de cette gloire immense,
      Pour prix de sa clémence,
Le percent lâchement d'un poignard assassin !

                   4.

Eh ! que prétendez-vous , conspirateurs farouches ?
Le mot de Liberté retentit dans vos bouches ;
Pour lui, vous massacrez vos amis, vos parents;
Pour lui, vous ourdissez vos trames détestables,
      Et des rois respectables
Sont immolés par vous aux plus vils des tyrans.

L'affreux triumvirat profite de vos crimes ;
De vos propres complots vous êtes les victimes ,
Et Mars a vainement armé votre fureur.
Octave vous terrasse ; et de son parricide
      Votre troupe homicide
Par un juste trépas expie enfin l'horreur.

Octave a tout soumis. Vainqueur en Macédoine ,
Et triomphant encor du malheureux Antoine,
Il sut faire oublier ses premiers attentats ,
Par l'équité , dès-lors, sut affermir son trône ,
      Et, bannissant Bellone,
Il ouvrit aux beaux-arts ses tranquilles états.

Des muses, à sa voix, la divine harmonie,
De la Grèce passant au sein de l'Ausonie,
Vient enchanter soudain la ville des Césars;
Et, superbes rivaux des merveilles antiques,
      Par ses soins magnifiques,
Des monuments sans nombre étonnent les regards.

Il meurt; et Rome, hélas! rentre dans l'esclavage!
En vain des Antonins la vertu la soulage;
Et bientôt, pour punir ses maîtres inhumains,
Dieu déchaîna du nord, sur ces climats coupables,
      Les hordes effroyables,
Moins barbares pourtant que les tyrans romains.

Comme un vaste incendie embrase les campagnes,
Ravage les forêts, les plaines, les montagnes,
Et consume ces pins, vieux souverains des bois;
Ainsi, dans sa fureur, la céleste vengeance
      Dévore la puissance
Qui soumit si long-temps l'univers à ses lois.

Tout périt. Des vainqueurs l'ignorance funeste

Des sciences, des arts anéantit le reste.

L'empire des Romains disparaît à nos yeux;

Du Capitole antique on ne craint plus la foudre;

    Les temples sont en poudre,

Et la plus sombre nuit se répand en tous lieux.

Mais on vit à la fin sur la triste Italie,

Dans cette obscurité long-temps ensevelie,

D'un jour consolateur éclater le rayon.

Le Dante avait déjà signalé cette aurore;

    Et le génie encore

Du monde sur ces bords fixait l'attention.

La langue s'épurait; et Pétrarque et Bocace

De leur patrie enfin avaient changé la face,

Quand le noir fanatisme effraya les talents;

Et, pour avoir su lire en la voûte étoilée,

    Illustre Galilée,

Dans les cachots sacrés tu vas gémir trois ans

O honte! on le poursuit comme ennemi du culte;
Par ses savants écrits on prétend qu'il l'insulte;
Tandis qu'un Borgia, l'opprobre des autels,
Du Dieu qu'il représente exécrable ministre,
　　　　De son règne sinistre
Accable impunément les malheureux mortels!

Toutefois, surmontant la fière intolérance
Qui voulait des humains prolonger l'ignorance,
La science en ces lieux fait des progrès nouveaux;
Et bientôt s'éleva cet admirable temple
　　　　Que l'univers contemple,
Et qui des Grecs vantés efface les travaux.

L'Arioste a paru : sur la double colline
Le chantre de Renaud suit sa trace divine;
Raphaël de son art épuise les secrets;
Tout fleurit sous Léon; et du siècle d'Auguste
　　　　Son règne heureux et juste
A reproduit par-tout les immortels bienfaits.

Belle Italie, hélas ! ces jours, ces jours de gloire,
Sont-ils donc à jamais bannis de ta mémoire ?
N'as-tu donc éprouvé ce fortuné réveil
Que pour fermer encor tes yeux à la lumière,
        Et languir toute entière
Dans l'assoupissement d'un semblable sommeil ?

Ah ! sors, il en est temps, de cette léthargie ;
Par de nobles efforts reprends ton énergie ;
Prends sur-tout d'autres mœurs, et n'encourage plus
Ces vices que des lois tolère la faiblesse,
        Et qui dans la mollesse
Plongent honteusement tes peuples corrompus.

A la loi du Très-Haut reste toujours soumise ;
Mais que ton humble front, en respectant l'Église,
Sous l'hypocrite altier ne soit point abattu.
Par un culte éclairé si la vertu s'excite,
        Dans notre ame séduite
La foi mal dirigée éteint toute vertu.

Mais quels excès, grands Dieux! quel brigandage horrible
Doit armer de Thémis la justice inflexible !
Invoque le secours de son glaive vengeur;
Qu'il extermine enfin cette race perfide
      Qui, de butin avide,
Pille, égorge par-tout le tremblant voyageur.

Ranime tous ces arts dont tu fus la patrie ;
Par des soins assidus, qu'une heureuse industrie
Seconde la nature en tes fertiles champs;
Que Venise, des eaux jadis la souveraine,
      En soit encor la reine,
Et rende le commerce à tes ports languissants.

C'est par-là que tu peux de tes destins prospères
Rappeler la splendeur dont tu frappas nos pères.
Lève-toi ! songe bien que, par la fermeté,
La fortune à nos vœux devient souvent propice.
      Et que de son caprice
Ne dépend pas toujours notre félicité.

ODE VII.

∞∞∞∞∞∞∞∞∞∞

SUR LA CHUTE DE BUONAPARTE,

ET LE RETOUR DES BOURBONS, EN 1814.

L'Éternel a parlé : l'ange de la vengeance
Vers la terre à sa voix rapidement s'élance.
Il pénètre, il s'arrête en ces âpres climats
Où règne l'héritier de l'empire de Pierre;
A ce jeune héros il remet son tonnerre,
Et l'arme de ses mains pour les sanglants combats.

« Va, dit-il, d'un tyran châtier l'insolence;
« De son joug odieux cours délivrer la France.
« Pleins d'une noble ardeur, bientôt deux souverains
« A tes fiers bataillons vont joindre leurs armées :
« Par l'esprit du Très-Haut elles sont animées,
« Et brûlent d'accomplir ses augustes desseins.

« O peuples, respectez sa volonté suprême !

« Aux fils de Saint-Louis il rend ce diadême

« Que porte avec orgueil le front de l'étranger.

« Peuples, consolez-vous ; la Justice divine

« De l'auteur de vos maux a juré la ruine :

« La foudre va partir, votre sort va changer. »

Il se tait ; et, docile à sa voix immortelle,

Le guerrier vole aux champs où le destin l'appelle.

Suivi de la victoire, il paraît à nos yeux ;

Sous son bras triomphant la tyrannie expire ;

Et, parmi les débris de son affreux empire,

Se relève des lis l'empire glorieux.

Ainsi qu'un cèdre altier qui, bravant la tempête,

Du sourcilleux Liban couvre l'antique faîte,

Et porte jusqu'aux cieux ses rameaux menaçants :

Que la hache ait sappé sa racine profonde,

Il tombe, il roule au fond de l'abîme qui gronde.

Et fait trembler au loin les monts retentissants :

Ainsi tombe à son tour celui qui, plein d'audace,
Des monarques français vint occuper la place,
Et crut voir tous les rois enchaînés par ses mains :
Le Dieu que chaque jour son arrogance irrite,
Du haut du trône enfin ce Dieu le précipite,
Et du bruit de sa chute étonne les humains.

Quels forfaits du tyran ont signalé la rage !
Les supplices, les fers, le poison, le carnage,
Tout sert à ses desseins. Teint du sang d'un Bourbon,
Aux Bourbons possesseurs du trône d'Ibérie,
Il court ravir le sceptre; et d'une guerre impie
Allume en leurs états l'effroyable brandon.

Sur ces fertiles bords désolés par ses armes,
Combien il fit couler et de sang et de larmes !
D'un désastre naissaient des désastres nouveaux :
Mais de l'heureux Anglais la main victorieuse
Étouffe pour toujours cette hydre furieuse,
Et l'Espagne respire après tant de fléaux.

O France ! c'est ainsi qu'Albion à ta vue ,

Confondant de l'orgueil la puissance abattue,

Défend les droits sacrés des princes malheureux :

Comme à Louis jadis, tes yeux ont vu cette île

En de funestes jours offrir un sûr asyle ,

Et soulager les maux d'un exil rigoureux.

Ah ! que ta douleur cède aux transports de la joie !

C'est des champs d'Albion que le ciel te renvoie

Ce Roi qui dans ces lieux semblait être oublié.

Il vogue ; et son vaisseau, qu'un vent propice amène ,

Majestueusement fend la liquide plaine,

Fier du noble dépôt à ses flancs confié.

Tu le reçois enfin ! son pied touche au rivage !

Il s'avance : on s'empresse, on court sur son passage ;

Et, bénissant par-tout son fortuné retour ,

Ton peuple, transporté de la plus douce ivresse,

Et par des pleurs touchants et des cris d'allégresse ,

Au père qu'il retrouve exprime son amour.

A son auguste aspect , tout sourit sur la terre :

La discorde est bannie; aux horreurs de la guerre

Succède à tes regards l'olive de la paix;

Et tes braves soldats, dont un chef homicide

Égara tant de fois le courage intrépide,

Vont goûter le repos sous son ombrage épais.

Non, tu ne verras plus, dans sa course sanglante;

Bellone en cent climats répandre l'épouvante :

Non, tu ne verras plus tes fils infortunés,

De qui tes soins en vain cultivaient la jeunesse ,

Par une affreuse loi ravis à ta tendresse ,

Et sous un ciel lointain par le fer moisonnés:

L'Église gémissait. Une main sacrilège

De ta religion profanant le saint siège,

Osant en arracher un vieillard révéré,

Le retenait captif !..... Mais du ciel équitable

Les redoutables traits ont frappé le coupable,

Et vengent ce pontife et ton culte sacré.

Les sciences, les arts, l'aimable agriculture,

Renaissent à-la-fois. Au zéphyr qui murmure

Tes vaisseaux, si long-temps enchaînés dans tes ports,

Déployant de nouveau leurs ailes vagabondes,

Vont sur tes bords heureux rapporter des deux mondes

Les utiles produits et les riches trésors.

Certain de recueillir le doux fruit de ses peines,

Le rustique habitant de tes riantes plaines

Sans crainte désormais sillonnera ses champs ;

Et formant avec joie, au sein de sa famille,

Et l'hymen de son fils, et celui de sa fille,

Sur son cœur attendri pressera leurs enfants.

Déja, pour célébrer dignement ces merveilles,

Aux chants mélodieux qui charment nos oreilles,

La lyre de ses sons unit la majesté ;

Et, de ta délivrance éternisant la gloire,

Le génie en transmet la mémorable histoire

A l'admiration de la postérité.

Quel spectacle! oubliant leurs querelles fatales,
Leur fière ambition, et leurs haines rivales,
Vingt peuples sont unis pour te donner la paix :
Le Danube, l'Oder, la Néva, la Tamise,
Tout s'arme, tout s'agite; et l'Europe surprise
N'entend plus qu'un seul cri : Le bonheur des Français!

France! de ce bonheur tu découvris l'aurore,
Quand Paris dans ses murs vit reparaître encore
Ce prince vertueux, le frère de ton Roi.
Sa présence éclaircit la nuit sombre et funeste
Qu'étendait sur tes yeux la colère céleste,
Et l'espoir dissipa ton trouble et ton effroi.

De ta félicité contemple encor ce gage,
Cet ange, dont long-temps le deuil fut le partage,
Cette fille des rois!... O crime! ô souvenir!
O moment douloureux ensemble et plein de charmes!
Tombe, tombe à ses pieds; et, les baignant de larmes,
De ton cœur déchiré montre le repentir.

Ah ! cette ame sublime, à la haine étrangère,

Te pardonne !... et Louis, du sein de la lumière,

Le bienheureux Louis, d'un regard paternel,

Applaudit aux vertus de sa fille chérie ;

Et, pardonnant comme elle à sa triste patrie,

Il la bénit encor du séjour éternel.

O saint roi ! dans ces lieux, témoins de ton martyre,

Quand ton frère aujourd'hui succède à ton empire,

On dirait que le ciel te rend à nos regrets,

Et te laisse ici-bas reprendre cette vie

Qui par des assassins jadis te fut ravie,

Pour mettre fin toi-même aux douleurs des Français.

Oui, tu revis pour eux dans ton auguste frère :

Comme toi, de l'État il veut être le père ;

Il veut, de ses sujets réparant les malheurs,

Par ses bienfaits toujours signaler sa puissance ;

Et, répandant au loin le calme et l'abondance,

D'un peuple qui l'adore il tarira les pleurs.

Tel, perçant des hivers les ténébreux nuages,
Le soleil printanier dissipe les orages,
Tranquillise les flots, appaise l'air troublé,
A ses feux créateurs soumet la terre encore,
Y reproduit les dons de Cérès et de Flore,
Et rend enfin la vie au monde consolé.

ODE VIII.

TIRÉE DU PSAUME IX.

Seigneur, de ta grace infinie
Je loûrai les divins effets ;
Je publierai toute ma vie
Tes merveilles et tes bienfaits.
Ma voix, avec reconnaissance,
Célèbrera cette puissance
En qui tout mon espoir est mis,
Et qui, dans leur fuite rapide,
Terrassant leur foule homicide,
Détruira mes fiers ennemis.

A ton éternelle justice

Lorsque j'eus recours autrefois,

Ta voix, grand Dieu! me fut propice,

Et tu daignas venger mes droits.

Tu brisas la trame hardie

Des peuples dont la perfidie

Osait s'armer contre ta loi :

Ils expirèrent sous ta foudre,

Leurs cités tombèrent en poudre,

Et tout disparut devant toi.

Ils périrent, et leur mémoire

Pour jamais périt avec eux ;

Mais qui peut effacer la gloire

Du Dieu qui règne dans les cieux ?

A son tribunal redoutable,

Mais pourtant toujours équitable,

Il jugera tout l'univers :

Pour l'orgueilleux sévère juge,

De l'humble il sera le refuge,

Et son appui dans ses revers.

Vous donc, objets de sa clémence,
Fiez-vous au Dieu de Sion ;
Proclamez sa grandeur immense,
Et que tout révère son nom.
Dites que son cœur se rappelle
Le sang de son peuple fidèle
Par des barbares répandu ;
Dites qu'il s'en irrite encore,
Et que du faible qui l'implore
Le cri plaintif est entendu.

Toi qui vois dans quelles allarmes
M'ont plongé mes persécuteurs,
Seigneur, prends pitié de mes larmes,
Punis leurs cruelles fureurs.
Dieu puissant, d'un bras secourable,
Viens de la mort inexorable
Sous mes pas fermer les cachots ;
Et, dans ton auguste demeure,
Que ma bouche puisse à toute heure
Exalter les bienfaits nouveaux.

Oui, celui qui m'entend sans cesse
Frappera mes tyrans affreux ;
De leur noire scélératesse
L'effet retombera sur eux.
On verra leur pied sacrilège
Arrêté dans ce même piège
Qu'à l'innocent ils ont tendu ;
Et le pécheur, dans sa malice,
Verra qu'il est une justice
Par qui le crime est confondu.

Grand Dieu ! quels châtiments terribles
Leur sont préparés par tes mains !
De l'enfer les gouffres horribles
Sont ouverts pour ces inhumains.
Mais toujours ta clémence auguste
Se souviendra de l'homme juste
Dont ils auront troublé les jours :
Tu combleras ses espérances,
Et tu viendras de ses souffrances
Terminer le pénible cours.

Montre-toi, que ton bras renverse
Nos ennemis audacieux ;
Soumets cette race perverse
A des maîtres impérieux.
Traînés vers un lointain rivage,
Qu'ils apprennent, dans l'esclavage,
Qu'ils étaient mortels comme nous ;
Et que l'arrogance insolente,
Si ta vengeance paraît lente,
N'en ressent que plus ton courroux.

Ah ! quand l'iniquité m'opprime,
Pourquoi t'éloigner de mes yeux ?
Dois-je succomber sous le crime
Dont l'orgueil triomphe en ces lieux ?
En vain le juste s'en indigne,
Tout nourrit cet orgueil insigne ;
Tout favorise le méchant ;
Il obtient tout ce qu'il désire,
Et l'on voit le monde sourire
A son plus infâme penchant.

ODE VIII.

Quoi! par le feu de ta colère
Ne sera-t-il pas consumé?
Quoi! ton ressentiment sévère
N'est-il point assez allumé?
Songe, Seigneur, que cet impie
S'est écarté toute sa vie
Du sentier tracé par tes mains;
Qu'il n'aime que la violence,
Et que sa farouche insolence
Ne persécute que tes saints.

Il a dit dans son cœur coupable :
Ne redoutons aucun danger ;
Le sort qui nous est favorable
Pour nous peut-il jamais changer?
Sa bouche ne vomit qu'injures ;
Par les plus noires impostures
Sa langue outrage l'innocent ;
Dans ses embûches il l'attire,
Et cherche, pour mieux le détruire,
A s'unir au pécheur puissant.

Sur le pauvre, sans qu'on le voie,

Il a toujours l'œil attaché,

Comme un lion guette sa proie

Au sein de son antre caché.

Pour le conduire au précipice,

Il n'est point de lâche artifice

Qu'il n'imagine dans son cœur ;

Et sa haine, enfin triomphante,

Sur sa victime gémissante

Épuise toute sa fureur.

Si le méchant se rend coupable

De tant de crimes ici-bas,

C'est qu'il croit qu'un Dieu redoutable

Les oublie ou ne les voit pas.

Pourquoi, dit-il, cette contrainte ?

Songeons qu'une importune crainte

Ne doit jamais nous retenir ;

Bravons le ciel et ses vengeances :

Le ciel ignore nos offenses,

Et ne saurait nous en punir.

Lève-toi, Seigneur; qu'il connaisse
Que tu défends les malheureux,
Et que, si l'homme les délaisse,
Dieu les protège dans les cieux.
Tonne enfin; que ta foudre éclate
Sur le perfide qui se flatte
D'échapper à ton bras vengeur :
Anéantis sa folle audace,
Et que l'on cherche en vain la trace
Des attentats de ce pécheur.

Et vous, Nations insensées,
Qu'aveugle un orgueil criminel,
Tremblez! vous serez effacées
De la terre de l'Éternel :
Tandis que ce Dieu favorable,
Du haut de son trône immuable,
Du juste exaucera les vœux,
Et devant la faible innocence
Abattra la fière puissance
De ses oppresseurs odieux.

ODE IX.

TIRÉE DU PSAUME XXXII.

Venez, Justes, venez : pleins d'une sainte ivresse,

Chantez du Tout-Puissant l'immortelle sagesse.

C'est à vous de louer le Dieu de l'univers ;

Sur la harpe sonore, aux accords de la lyre,

  C'est à vous de redire

  Sa gloire en vos concerts.

Qu'un cantique nouveau, ravissant nos oreilles,

Célèbre dignement ses augustes merveilles.

L'Éternel est le Dieu de toute vérité ;

Sa parole est sacrée, et tout ce qu'il opère

  Porte le caractère

  De la fidélité.

Il aime la justice et la miséricorde.

Le monde entier est plein des biens qu'il nous accorde.

D'un seul mot de sa bouche il produisit les cieux ;

Et d'un souffle il orna leur voûte inébranlable

    De l'armée innombrable

    Des astres radieux.

Sa main, comme en un vase, a rassemblé les ondes ;

Et dans ses réservoirs il tient les mers profondes,

Pour s'en servir au jour de sa juste fureur.

Craignez donc, ô mortels ! sa divine puissance ;

    Que tout à sa présence

    Frémisse de terreur.

Il parla : l'univers, à son ordre suprême,

De la nuit du néant sortit dans l'instant même.

La nature en silence obéit à ses lois ;

Et c'est lui qui détruit les trames insensées

    Et confond les pensées

    Des peuples et des rois.

Mais où trouver, Seigneur, un pouvoir qui confonde
Les desseins qu'a formés ta sagesse profonde?
Heureux donc les mortels qui te seront soumis!
Heureux le peuple élu dont tu fais ton partage;

      Et de qui l'héritage

      En tes mains est remis!

De ton trône éternel, tu vois ce que nous sommes :
Ton œil, du haut des cieux, sondant le cœur des hommes,
En voit et l'imposture et la sincérité;
Il voit de l'univers tous les peuples ensemble,

      Et tout ce qu'il rassemble

      Dans son immensité.

Qui peut se dérober aux traits de ta vengeance?
Ni des soldats des rois le nombre et la vaillance,
Ni le bras redouté des géants en courroux,
Ni le rapide essor du coursier indomptable,

      Rien ne met le coupable

      A l'abri de tes coups.

Mais ta main, formidable à la fière licence,

De l'humble qui te craint protège l'innocence :

Sur le bord de l'abyme elle affermit ses pas,

Pourvoit à ses besoins, l'aide dans sa détresse,

      Et sauve sa faiblesse

      Des horreurs du trépas.

Ah! si j'ai mis ma gloire à louer ta justice,

Grand Dieu! prête à ma voix une oreille propice!

Soutiens-moi, rends le calme à mon cœur agité ;

Et daigne mesurer ta céleste clémence

      A cette confiance

      Que j'ai dans ta bonté.

ODE X.

TIRÉE DU PSAUME LXXIII.

———◦◦———

Seigneur, de ton secours puissant
Priveras-tu toujours le peuple qui t'implore?
Pourquoi ton troupeau languissant
Sous ton âpre courroux doit-il gémir encore?

Ce peuple qui s'adresse à toi,
Songe qu'il fut, Seigneur, ton premier héritage,
Et que tu daignas sous ta loi
Le réunir jadis du sein de l'esclavage.

Ce lieu, si désert en ce jour,
Est toujours de Sion l'enceinte révérée;

Cette montagne est le séjour
Où tu voulus fixer ta demeure sacrée.

Montre-toi donc, arme ton bras :
Punis enfin, punis tous ces peuples coupables
Qui, par d'horribles attentats,
Ont souillé, sous nos yeux, tes autels redoutables.

Ils ont osé dans le saint lieu
Lever avec orgueil leurs têtes criminelles,
Au moment où de notre Dieu
Nos mains y célébraient les fêtes solennelles.

Ils ont offert à nos regards
Ces infâmes objets que notre loi condamne;
Ils ont placé leurs étendards
Sur ton temple sacré que leur rage profane.

Sous la hache de ces pervers,
Nous avons vu tomber ses superbes portiques,
Ainsi qu'on voit les chênes verts
Par le fer abattus dans les forêts antiques.

Dans leurs sacrilèges fureurs,
Ils ont incendié ton sanctuaire auguste ;
 Ils ont rempli de leurs horreurs
Ce divin tabernacle où t'adorait le juste.

 « Frappons, ont-ils dit ; désormais
« Que la fière Sion n'offre plus que ruines :
 « Anéantissons à jamais
« Le culte du Très-Haut et ses pompes divines. »

 Grand Dieu ! tu ne nous entends plus !
Le ciel cesse pour nous d'opérer ses miracles ;
 Et nul prophète à tes élus
Dans ces funestes jours n'annonce tes oracles.

 Pourquoi détourner cette main
Qui répandait sur nous tes faveurs immortelles ?
 Pourquoi dans ton céleste sein
Ne puise-t-elle plus ces bontés paternelles ?

 De tes ennemis criminels
Jusques à quand, Seigneur, souffriras-tu l'outrage ?

Ton nom, tes décrets éternels
Réveillent constamment leur insolente rage.

Arrêtez, ô peuples sans foi !
Arrêtez, et tremblez sous ses lois souveraines !
C'est notre Dieu, c'est notre roi,
Dont l'immortel pouvoir brisa jadis nos chaînes.

C'est ce maître de l'univers
Qui suspendit pour nous les ondes mugissantes,
Et qui dans l'abyme des mers
Engloutit des dragons les têtes menaçantes.

C'est lui qui sauva nos aïeux
De ce monstre fatal à leurs tribus captives,
Et dont la dépouille, à leurs yeux,
Des Éthiopiens couvrit au loin les rives.

C'est lui qui fit jaillir soudain
Des sources, des torrents dans les déserts arides :
Devant lui·le profond Jourdain
S'arrêta, desséché dans ses gouffres rapides.

Les saisons, les jours et les nuits ;
L'aurore, le soleil, attestent sa puissance :
    C'est par lui que furent produits
Tous les objets divers qu'offre ce monde immense.

    Oui, ces ouvrages merveilleux
Sont les effets, grand Dieu ! de ton pouvoir suprême ;
    Et contre toi l'homme orgueilleux
Lève son front rebelle, et vomit le blasphême !

    Seigneur, aux lions affamés
Ne livre plus les jours de l'humble qui t'adore ;
    De tes serviteurs opprimés
Daigne, dans leur malheur, te souvenir encore:

    Songe que ton divin traité
Nous assura jadis cette terre féconde ;
    Et cependant l'iniquité
Dévore chaque jour les biens dont elle abonde:

    N'ajoute pas à tant de maux
La douleur de te voir rejeter nos prières :

Puissions-nous, par des chants nouveaux,
Louer encor le Dieu qui finit nos misères!

Viens, il est temps de nous venger :
Notre cause, Seigneur, est ta propre querelle;
C'est toi que le vil étranger
Outrage impunément dans ton peuple fidèle.

De ses discours injurieux
Que ta main foudroyante arrête l'insolence,
Et qu'à l'impie audacieux
La mort impose enfin son éternel silence.

ODE XI.

TRADUITE D'HORACE, LIVRE II, ODE X.

A LICINIUS,

SUR LES AVANTAGES DE LA MÉDIOCRITÉ.

CROIS-MOI, Licinius, pour couler d'heureux jours,
Il ne faut point des flots braver au loin la rage;
Mais, craignant l'ouragan, ne vogue pas toujours
    Trop près d'un périlleux rivage.

Quiconque sait chérir, modeste dans ses vœux,
La médiocrité, ce trésor désirable,
Évite et ces palais dont l'homme est envieux,
    Et la cabane misérable.

Les plus hauts pins sont ceux que ravage le vent;
Avec plus de fracas croulent les tours altières;
Et la foudre en courroux tombe le plus souvent
    Sur les montagnes les plus fières.

Le sage espère au sein des plus tristes revers,
Et craint, dans le bonheur, la fortune infidèle.
Jupiter tour-à-tour produit les noirs hivers,
    Et nous rend la saison nouvelle.

Aujourd'hui malheureux, on ne l'est plus demain.
Phébus n'est pas toujours armé de traits terribles;
Et souvent des neuf sœurs il vient, la lyre en main,
    Ranimer les concerts paisibles.

Dans les jours orageux, sois ferme constamment;
Oppose ton courage à la vague qui gronde:
Mais songe à resserrer les voiles prudemment,
    Lorsque trop de vent te seconde.

ODE XII.

TRADUITE D'HORACE, LIVRE III, ODE IV.

A CALLIOPE.

Les Muses protègent ceux qui leur rendent hommage.

R EINE des déités de la double colline,
Calliope! à ma voix descends du haut des cieux;
Viens faire ouïr tes chants, prends ta flûte divine,
Ou touche de Phébus le luth harmonieux.

L'ai-je entendue? ou bien est-ce un songe agréable?
Oui, je l'entends! mon œil croit la voir s'égarer
Dans les détours sacrés de ce bois délectable
Où l'onde et le zéphyr aiment à murmurer.

Un jour que, fatigué des jeux du premier âge,
Loin du toit paternel, je dormais sur un mont,
Des colombes soudain, dans ce séjour sauvage,
Vinrent de rameaux verts couvrir mon jeune front.

Ce prodige étonna tous ceux qui d'Acérence
Occupent les rochers élancés jusqu'aux cieux,
L'habitant de Bantie, et celui que Férence
Voit cultiver, plus bas, un sol délicieux.

On s'étonna que l'ours et l'affreuse vipère
Respectassent tous deux le sommeil d'un enfant :
Mais les dieux me couvraient de l'ombre tutélaire
Du myrte fortuné, du laurier triomphant.

O Muses! en tous lieux vous m'êtes favorables!
Soit que des fiers Sabins je visite les monts,
Ou les bois de Tibur et ses coteaux aimables,
Ou les eaux que Baïa renferme en ses vallons.

Ami de vos concerts et de votre onde pure,
A Philippes, par vous, je sus tromper la mort;

J'évitai les écueils des mers de Palinure,
Et la chute d'un pin qui terminait mon sort.

Certain de votre appui, j'irai du noir Bosphore,
Nautonnier intrépide, affronter le danger ;
Et les Assyriens, que le soleil dévore,
Sur leurs sables brûlants me verront voyager.

Je verrai, sans effroi, les Gélons homicides,
Et ce peuple abreuvé du sang de ses coursiers ;
Je verrai la Scythie et ses torrents rapides,
Et les champs du Breton, bords inhospitaliers.

Muses, lorsque César fait rentrer dans nos villes
Ses guerriers harassés de pénibles travaux,
Vous charmez ses loisirs dans vos grottes tranquilles,
Où ce vainqueur se plaît à chercher le repos.

Vous aimez sa bonté, c'est votre noble ouvrage :
Mais un dieu quelquefois signale son courroux,
Comme fit Jupiter, en confondant la rage
Des superbes Titans abattus sous ses coups.

Ils osèrent braver celui dont la puissance
Régit également les dieux et les mortels,
Et le terrestre empire, et l'océan immense,
Et des sombres enfers les gouffres éternels.

Des efforts furieux de leur troupe orgueilleuse
Le Dieu de l'univers fut lui-même troublé,
Lorsque de ces géants la force impétueuse
Roula le vaste Ossa sur l'Olympe ébranlé.

Mais que pouvaient Typhée et ses frères horribles,
Le fier Porphyrion, le monstrueux Mimas ?
Que pouvait Encelade, et ses armes terribles,
Contre le bouclier de l'auguste Pallas ?

Là, combattait la sœur du maître du tonnerre ;
Là, Vulcain leur soufflait ses redoutables feux ;
Plus loin, un jeune dieu, sur ces fils de la Terre,
Lançait d'un bras vengeur ses traits victorieux.

C'était l'aimable dieu dont l'eau de Castalie
Baigne les blonds cheveux en longs anneaux flottants;

Que révère Patare, et l'agreste Lycie,
Et Délos, doux séjour qui vit ses premiers ans.

Toujours la force tombe en manquant de prudence :
Et le ciel qui seconde une sage valeur,
Ce même ciel punit, dans sa juste vengeance,
Les attentats qu'inspire une aveugle fureur.

Le géant aux cent bras prouve cette maxime,
Comme cet Orion que jadis, sous ses traits,
Diane renversa, quand, poussé par le crime,
Il voulut outrager ses pudiques attraits.

La Terre, avec douleur pressant leurs fronts coupables,
Gémit sur ses enfants par la foudre écrasés,
Et voit l'Etna nourrir les flammes effroyables
Qu'Encelade vomit de ses flancs embrasés.

L'implacable vautour qui tourmente Titye,
De son profane sein ne s'écarte jamais ;
Et de Pirithoüs, ce ravisseur impie,
Trois cents chaînes d'airain punissent les forfaits.

ODE XIII.

TRADUITE D'HORACE, LIVRE I, ODE XXXV.

A LA FORTUNE.

Le Poëte la prie de conserver Auguste et les armées
romaines.

Déesse d'Antium, toi qui peux sur la terre
Porter au plus haut rang le plus vil des mortels,
Et changer un triomphe en pompe funéraire,
Tu vois tous les humains encenser tes autels :
L'humble pâtre t'implore ; et, sur l'humide plaine,
Le nocher, te suivant en cent climats divers,
          Te reconnaît pour reine
          De l'empire des mers.

Tout tremble sous tes lois ; les cités, les campagnes,

Les mères de ces rois dans l'Asie adorés,

Le fier Romain, le Dace errant sur ses montagnes,

Et sur-tout ces tyrans de la pourpre entourés.

Ils craignent que ton pied n'écrase leur couronne,

Et qu'aux armes enfin tout un peuple excité

      Ne brise la colonne

      D'un pouvoir détesté.

Sans cesse devant toi marche le Sort terrible,

Portant les clous d'airain, et le coin redouté,

Et le liquide plomb, dans sa main inflexible.

L'Espérance te suit ; et la Fidélité,

D'un voile blanc couverte, accompagne ta trace,

Quand, dépouillant soudain tes superbes habits,

      Des grands dans la disgrace

      Tu quittes les lambris.

Mais loin de nous fuiront nos amantes perfides,

Le vulgaire inconstant, et nos amis pervers ;

Ils fuiront, de nos biens ces destructeurs avides,

Craignant de partager le poids de nos revers.

O Déesse ! à César sois du moins favorable :

Qu'il dompte les Bretons ; que du Parthe inhumain

        L'empire formidable

        Tremble au seul nom romain.

Hélas ! nous rougissons de nos fureurs extrêmes ;

Nous pleurons sur nos maux. O jours d'impiété !

Nous avons égorgé jusqu'à nos frères mêmes !

Et quel dieu, quel autel fut par nous respecté ?

Ah ! viens, viens reforger nos armes criminelles ;

Et ne faisons sentir le glaive meurtrier

        Qu'aux Arabes rebelles

        Et qu'au Scythe guerrier.

ODE XIV.

TRADUITE D'HORACE, LIVRE IV, ODE II.

A JULE ANTOINE.

Le Poëte ne peut chanter les victoires d'Auguste sur
la lyre de Pindare.

Le mortel qui prétend rivaliser Pindare,
Sur des ailes de cire est porté vers les cieux,
Et va donner son nom, en mourant comme Icare,
        A l'abyme écumeux.

Tel qu'enflé par l'orage et grondant dans sa course,
Descend du haut des monts un fleuve impétueux;
Tel Pindare, élancé d'une profonde source,
        Marche en torrent fougueux.

Sa lyre obtient des vers la palme glorieuse,

Soit qu'il chante Bacchus et ses fameux exploits,

Et que son dithyrambe, en son audace heureuse,

    N'observe plus de lois :

Soit qu'il chante les dieux et leurs fils invincibles,

Héros sous qui jadis le Centaure tomba,

Et sous qui la Chimère, avec ses feux terribles,

    A son tour succomba :

Soit qu'il célèbre encor les combats et la gloire

Des vainqueurs que l'Élide applaudit dans ses champs,

Et, mieux que l'airain même, en consacre l'histoire

    Par ses sublimes chants :

Soit qu'enfin d'une épouse il plaigne le veuvage,

Pour calmer sa douleur, place au ciel son époux,

Et sauve sa beauté, ses vertus, son courage,

    De l'Achéron jaloux.

Le cygne de Dircé, d'une aile triomphante,

S'élève au haut des airs et plane sans danger;

Mais ma muse, semblable à l'abeille prudente,
  Ne sait que voltiger.

L'abeille se fatigue à sucer dans la plaine
Les fleurs qui de Tibur embellissent les bords ;
Et ma muse du luth ne tire qu'avec peine
  De modestes accords.

C'est à toi de chanter, sur un ton plus sévère,
Auguste qui, ceignant un laurier mérité,
Traîne au temple du dieu que le monde révère
  Le Sicambre indompté.

Tu diras ses exploits, cette vertu suprême,
Inestimable don que nous ont fait les dieux,
Que rien n'égalera, quand l'âge d'or lui-même
  Renaîtrait sous les cieux.

Tu chanteras nos jeux et la publique ivresse,
Le retour de César, vainqueur des ennemis,
Et la Discorde enfin, dans ces jours d'allégresse,
  Muette chez Thémis.

7

Ah! si ma faible voix osait se faire entendre,
Qu'avec transport alors je crierais : O beau jour!
Jour à jamais heureux, où les dieux daignent rendre
    César à notre amour!

Suivant son char pompeux en ce jour mémorable,
Tout le peuple avec moi redira dans ses chants :
O triomphe! triomphe! et le ciel favorable
    Recevra notre encens.

O Jule! c'est à toi d'immoler vingt génisses :
Moi, d'un jeune taureau, nourri d'herbages frais,
Je répandrai le sang parmi nos sacrifices
    Pour les vœux que j'ai faits.

Tout son corps de l'or pur a la couleur brillante ;
Son front a la blancheur du lis resplendissant ;
Et ses dards recourbés de la lune naissante
    Imitent le croissant.

ODE XV.

TRADUITE D'HORACE, LIVRE I, ODE XXII.

A FUSCUS.

L'innocence et là vertu ne doivent jamais rien craindre.

L e juste dont les jours sont exempts de forfaits ;
N'a pas besoin des dards ni de l'arc du Numide,
Ni d'un carquois rempli de ces perfides traits
    Qu'abreuve un poison homicide.

Des Syrtes, sans danger, il peut braver l'horreur ;
Du Caucase désert gravir la cime affreuse ;
Ou parcourir les lieux où l'Hydaspe en fureur
    Roule son onde si fameuse.

7.

Dans le bois de Sabine un jour je m'égarais,
Chantant ma Lalagé, sans soucis, sans alarmes,
Lorsqu'un loup devant moi s'enfuit dans ces forêts,
   Quoique je marchasse sans armes.

Non, les sauvages flancs de l'immense Apennin,
L'Afrique, qui nourrit le lion formidable,
Jamais l'Afrique même, en son aride sein,
   N'enfanta de monstre semblable.

Placez-moi dans ces champs haïs des Immortels,
Où l'arbre du zéphyr ne ressent point l'haleine,
Où règnent les brouillards, les frimas éternels,
   Des hivers ténébreux domaine :

Placez-moi sur ces bords, inhabitables lieux,
Où Phébus de trop près exerce son empire;
Toujours de Lalagé j'aimerai les beaux yeux,
   Sa douce voix, son doux sourire.

ODE XVI.

TRADUITE D'HORACE, ÉPODE II.

ÉLOGE DE LA VIE CHAMPÊTRE.

Heureux celui qui, loin de toute affaire,
Libre d'usure, ainsi que nos aïeux,
Cultive en paix, d'un bras laborieux,
Les champs féconds que lui laissa son père!
Le fier clairon ne l'éveille jamais;
Il ne craint point une mer orageuse;
Il fuit Thémis, et sur-tout ces palais
Où de nos grands vit la foule orgueilleuse.
Mais de la vigne, aux vigoureux ormeaux,

Tantôt il joint les débiles rameaux;

Tantôt émonde un branchage inutile;

Greffe avec art un sauvageon stérile :

Tantôt, au sein des paisibles vallons,

Il suit de l'œil ses troupeaux vagabonds ;

Ou bien il presse en des vases d'argile

Le doux nectar que l'abeille distille ;

Ou fait tomber sous les tranchants ciseaux

Cette toison qui gênait ses agneaux.

Mais dans nos champs quand le fertile Automne

Lève son front que décore Pomone,

Oh! qu'il jouit en cueillant de sa main

La poire mûre, et le brillant raisin !

Qu'avec plaisir il offre leurs prémices

Au dieu Priape, à l'agreste Sylvain,

De ses vergers déités protectrices !

Souvent sur l'herbe, au pied d'un chêne épais,

Il va goûter le repos et le frais ,

Tandis qu'auprès coule une source pure,

Et que l'oiseau, caché sous la verdure,
Remplit les bois de ses tendres accents
Qui, du ruisseau secondant le murmure,
Au doux sommeil invitent tous les sens.

Mais Jupiter, attristant la nature,
Va-t-il souffler la neige et la froidure ?
Accompagné de ses chiens belliqueux,
Tantôt il lance un sanglier fougueux ;
Tantôt sa main dresse un piège à la grive ;
Ou dans ses lacs, aussitôt qu'elle arrive,
Il prend la grue, ou le lièvre craintif ;
Et, saisissant l'un et l'autre captif,
Joyeusement emporte cette proie.
Qui n'oublierait, parmi ces soins charmants,
Les noirs chagrins que le ciel nous envoie,
Le fol Amour, et ses cruels tourments ?
Mais si le sort à mes embrassements
Livre en ces lieux une épouse modeste,
Dont tous les traits, brûlés des feux du jour,
M'offrent le teint de la compagne agreste

Qui du Sabin a mérité l'amour ;

Si ses enfants, son ménage rustique,

Sont à ses yeux les objets les plus doux ;

Qu'elle prépare, en son foyer antique,

Le feu qui doit délasser son époux ;

Que, dans ses parcs, de ses chèvres fidèles

Sa main pour lui tarisse les mamelles,

Et du tonneau tire un vin pur et frais

Pour son repas qu'elle apprête sans frais :

Ah! je le sens, pour ce festin champêtre,

Je donnerais les huîtres du Lucrin,

Et les sargets que l'Orient fait naître,

Dont la tempête écarte quelque essaim

Que dans nos mers on voit alors paraître.

Oui, je préfère aux plus rares perdrix,

A ces oiseaux que l'Afrique a nourris,

Les fruits choisis de l'olivier fertile,

Ou l'humble oseille, habitante des prés,

La douce mauve à nos douleurs utile,

Ou cet agneau qui, dans nos jours sacrés,

Aux dieux des champs est offert en hommage,

Et qui des loups a su tromper la rage.
Dans ces festins, à l'approche du soir,
Que l'œil du maître a de plaisir à voir
De ses brebis, que le pasteur ramène,
L'heureux troupeau regagner le bercail !
Qu'il aime à voir le taureau hors d'haleine,
Le cou lassé d'un pénible travail,
Languissamment revenir de la plaine,
Traînant le soc renversé sur l'arène ;
Et des valets, richesse du fermier,
L'essaim nombreux rire autour du foyer !

Aufidius tenait ce beau langage,
Et, d'usurier, devenait villageois :
Mais il compta, suivant son vieil usage,
Tout son argent dans le milieu du mois,
Et vers la fin il le plaça sur gage.

FIN DES ODES.

POÉSIES DIVERSES.

POÉSIES DIVERSES.

ÉPITRE A UN AMI.

En vain ton amitié flatteuse,
M'offrant un prix non mérité,
Au bout d'une carrière heureuse,
Me mène à l'immortalité.
Aux faveurs de cette déesse
Je n'ai nul droit assurément ;
Je connais trop bien ma faiblesse,
Et m'y renferme prudemment,
Sans prétendre, en ma folle ivresse,
Moissonner sur le double mont
Les lauriers du dieu du Permesse,

Qui ne sont point faits pour mon front.

Si l'on me vit dans mon délire

Hasarder parfois quelques sons,

Le seul Amour monta ma lyre,

Lui seul modula mes chansons.

Au lieu des doctes Immortelles,

J'invoquai l'Amour autrefois :

Pour animer ma faible voix,

Du haut des voûtes éternelles,

Il descendit au sein des bois ;

Et si mes vers ont quelques droits

Au doux suffrage de nos belles,

C'est à ce dieu que je le dois,

Plutôt qu'à ces nymphes rebelles

Dont je connais bien peu les lois,

Et qui te sont toujours fidèles.

Privé de leurs dons séduisants,

Près d'Anacréon et d'Horace

Je n'espère point une place :

Je n'ai pas leurs brillants accents ;

Je n'ai point sur-tout cette grace

Qui respire dans tous leurs chants.

Mais, sans pouvoir sur le Parnasse

Suivre ces poëtes fameux,

J'ai su peut-être aimer mieux qu'eux :

La gloire et le dieu de Cythère

Les captivaient souvent tous deux ;

Tandis que mon amour sincère

A suffi pour me rendre heureux.

Comme eux, j'ai chanté ma Glycère ;

J'ai peint la naïve candeur,

Les attraits de cette bergère,

Digne objet de ma vive ardeur ;

Et jamais ma muse légère

N'ambitionna d'autre honneur

Que celui de pouvoir lui plaire :

Ce fut là mon plus doux salaire,

Ce fut ma gloire et mon bonheur.

Mais aujourd'hui mes vers sans flamme

N'offrent plus ces brûlants transports ;

Le chagrin a flétri mon ame,

Et ma lyre n'a plus d'accords.

Pour toi, sur un luth plus sonore,
C'est à toi de te faire un nom :
Ton génie est à son aurore,
Et, dans l'harmonieux vallon,
Où les Muses l'ont fait éclore,
Chaque jour il se forme encore
Et croît sous les yeux d'Apollon.
Telle, jeune, mais vigoureuse,
La plante croît au bord des eaux,
Par degrés étend ses rameaux,
De leur ombre mystérieuse
Couvre les limpides ruisseaux,
Ouvre aux vents sa fleur amoureuse,
Et, par une culture heureuse,
Donne enfin les fruits les plus beaux.

LES DEUX ROSES.

Un jour parcourant un bosquet,
J'y cueillis chaque fleur nouvellement éclose,
　　Pour en composer un bouquet,
Dont je parai le sein de mon aimable Rose.

　　L'œillet, la rose, le jasmin,
Se distinguaient sur-tout parmi ces dons de Flore ;
　　Et, sur l'albâtre de son sein,
Ils semblaient à mes yeux plus frais, plus beaux encore.

　　O rose ! de ton incarnat,
De ta suave odeur cesse d'être si vaine :
　　Ma Rose a ton nom, ton éclat,
Tu n'as point de parfum plus doux que son haleine.

8

Souvent tu ne gardes qu'un jour
Ces brillantes couleurs, cette fraîcheur charmante :
Zéphyre, objet de ton amour,
Le lendemain te cherche, et te trouve mourante!

Je suis plus fortuné que lui :
Les graces du jeune âge ornent celle que j'aime ;
Je les vois briller aujourd'hui,
Après plusieurs printemps, je les verrai de même.

VERS

SUR LE PORTRAIT DE Mᴸᴸᴱ A***.

Depuis long-temps ta douce image
Est gravée au fond de mon cœur ;
Du peintre ici l'art enchanteur
Reproduit à mes yeux les traits de ton visage,
Et de jouir toujours de cet aspect flatteur
J'aurai désormais l'avantage.
Avec un tel sort en partage,
Mon bonheur n'est-il point parfait ?
Non : pour qu'à ce bonheur rien ne manque en effet,
Il faut encore davantage...
Il faut l'original de ce charmant portrait.

8.

LA FONTAINE DE VAUCLUSE.

Salut, lieux consacrés à Laure,
Asyle où chaque troubadour
De Pétrarque célèbre encore
Le nom si cher au dieu d'amour !
Jadis, votre onde fugitive
Fut témoin de ses feux brûlants ;
Écho, dans sa grotte attentive,
Se plut à redire ses chants.

Ah! de son immortelle lyre
Que ne puis-je égaler les sons !
Rempli de son heureux délire,
Je chanterais ces frais vallons ;
Je peindrais ces rochers terribles,

Cet antre si mystérieux,
Ces flots si purs, ces bords paisibles,
Et leurs gazons délicieux.

Mais la plus riante campagne
Est pour moi comme les déserts ;
J'ai perdu ma douce compagne,
Et n'ai plus le talent des vers.
Quand Pétrarque chantait Vaucluse,
Il pouvait prétendre au bonheur...
Il n'est plus d'espoir qui m'abuse,
Je ne vis que pour la douleur.

Ces bosquets, ces fraîches cascades,
Sont faits pour les heureux amants ;
Faut-il en troubler les Naïades
Par de tristes gémissements ?
L'ombre de Laure s'y promène,
Tout me dit de la respecter ;
Le zéphyre y murmure à peine,
Et ma bouche doit l'imiter.

Ici, des orages du monde
On n'entend point le bruit lointain :
Au sein de cette paix profonde,
Goûtons quelque repos enfin.
Les monts, les ruisseaux, la verdure,
Tout enchante ce beau séjour...
Admirons, et que la nature
Nous occupe seule en ce jour.

Dans ces ravissantes demeures,
Que le temps fuit rapidement !
Hélas ! je vois déja les heures
Du départ marquer le moment.
Vaucluse ! objet de mon hommage,
Pour jamais il faut te quitter !
Mais j'emporte ta douce image...
De mon cœur rien ne peut l'ôter.

LE PORTRAIT DE L'AMOUR.

A CHLOÉ.

Quoi! vous voulez que ma main trop peu sûre
Peigne le dieu qui cause mon tourment!
Belle Chloé, j'obéis ; mais vraiment
Je pourrai bien manquer cette peinture.
Eh! par quel art rendre fidèlement
Ce dieu malin qui change à tout moment
De caractère ainsi que de figure ?
C'est un enfant, on vous l'a dit cent fois ;
Mais un enfant dont toute la nature,
Dans tous les temps, a reconnu les lois,
Et qui soumet et le lion superbe,
Et l'aigle altier, et l'insecte sous l'herbe,
Et l'humble pâtre, et la fierté des rois.

Il porte un arc, des ailes, un carquois :

Plus, un bandeau sur les yeux du volage

Le fait parfois en aveugle marcher ;

Mais, quand il veut, il sait le détacher ;

Et c'est alors que sa main fait usage

Des traits cruels qu'il aime à décocher,

Qui vont au loin répandant le ravage,

Traits qui jamais ne manquent de toucher

Le but secret que le traître envisage,

Et qui, par-tout se frayant un passage,

Au fond des cœurs viennent tous se cacher.

Du petit dieu dont je trace l'image

Vous voulez voir l'humeur et le visage ?

Je vous l'ai dit, rien ne peut ici-bas,

Belle Chloé, varier davantage.

Le plus souvent, ses yeux sont pleins d'appas,

Pleins de douceur ; et sa mine riante

Semble annoncer une candeur charmante ;

De l'admirer on ne se lasse pas :

Tant nous ravit sa grace séduisante !

Mais tout-à-coup quel changement, hélas !

Un noir chagrin défigure ses charmes ;

Ses yeux ternis sont noyés dans les larmes ;

Ou bien son front, siège de la fureur,

N'inspire plus qu'épouvante et qu'horreur ;

Au lieu des ris, la rage est sur sa bouche,

Et chacun fuit à son aspect farouche.

Faible mortel ! peins le cœur de l'Amour,

Si toutefois tu peux, avec adresse,

Dans ses replis répandre quelque jour.

Figure-toi qu'on le voit tour-à-tour

Comblé de joie, accablé de tristesse ;

Plein de courroux, ou rempli de tendresse ;

Sincère, faux ; grossier ou délicat ;

Sage, insensé ; reconnaissant, ingrat ;

Vil, magnanime ; indulgent, tyrannique ;

Constant, volage ; enjoué, flegmatique ;

Rusé, naïf ; confiant, soupçonneux ;

Courageux, lâche ; intraitable, docile ;

Barbare, humain ; impétueux, tranquille ;

Chaste, impudique ; humble, présomptueux :

Enfin, guidé par l'aimable innocence,

Ou méditant l'injuste violence,

De noirs complots, d'horribles attentats,

Le meurtre affreux, la discorde, la guerre,

Et ne songeant qu'à désoler la terre

En préparant la chute des états.

Tel est l'Amour : incroyable mélange

Et de vertus et de vices divers ;

Ange du ciel, ou démon des enfers,

Qui, chaque jour, par son pouvoir étrange,

Vient étonner les yeux de l'univers ;

Protée adroit, lutin inexplicable,

A mon esprit, qu'il tourmente en ces vers,

Aussi rebelle, aussi peu favorable,

Que pour mon cœur, languissant dans ses fers,

Il fut toujours sévère et redoutable.

ENVOI.

Lorsque Chloé recevra le portrait

De cet Amour, si cruel et si tendre,

Qu'en ma faveur ce dieu se fasse entendre ;

Et, pour guérir tout le mal qu'il m'a fait,

A le connaître, ah ! puisse-t-elle apprendre !

TRADUCTION

DE L'ODE PREMIÈRE D'ANACRÉON.

SUR SA LYRE.

JE voudrais chanter les Atrides,
Et chanter Cadmus tour-à-tour ;
Mais mon luth, sous mes doigts timides,
Ne résonne que pour l'amour.
J'en changeai tous les tons naguère
Pour tenter des accords nouveaux,
Et d'Alcide, d'une voix fière,
J'allais célébrer les travaux...
Vains efforts ! la lyre légère
Pour l'amour seul formait des sons.
Adieu donc, héros que j'admire,
Adieu pour toujours ! car ma lyre
Pour l'amour seul fait des chansons.

TRADUCTION

DE L'ODE II D'ANACRÉON.

SUR LES FEMMES.

La nature au taureau donne des dards terribles ;

Sur des pieds vigoureux bondit le fier coursier ;

Le lièvre a la vîtesse, et le lion altier

Menace de ses dents horribles :

Nous voyons dans les flots se jouer le poisson ;

Dans les plaines de l'air l'oiseau s'ouvre un passage,

Et l'homme a pour lui la raison.

De la nature, après un tel partage,

A la femme quel fut le don ?

La grace et la beauté : voilà son apanage ;

Voilà ce qui lui sert d'armes, de bouclier.

Rien ne résiste aux charmes d'une femme ;

Et devant eux et le fer et la flamme

Tombent des mains du farouche guerrier.

TRADUCTION

DE L'ODE XL D'ANACRÉON.

L'AMOUR PIQUÉ PAR UNE ABEILLE.

L'AMOUR cueillant un jour une rose vermeille,
Ne vit point que son sein recélait une abeille.
  Piqué soudain au bout du doigt,
Il jette un cri perçant, pleure, se désespère;
   Il court, il vole, et s'en va droit
   Trouver la reine de Cythère.
  Je meurs, lui dit l'enfant, je meurs!
  Je viens d'être blessé, ma mère,
   Par une petite vipère
  Qu'on voit ici, parmi les fleurs,
  Voltiger d'une aile légère,

Et que les pâtres du vallon

Connaissent sous le nom d'abeille.

Vénus alors : « Si, par son aiguillon,

« L'abeille peut causer une douleur pareille,

« Que doivent être, ô Cupidon !

« Les maux qu'un malheureux endure

« Lorsque tes traits lui font une blessure ? »

VERS

A UNE JOLIE FEMME.

Au pouvoir de vos yeux tout se montre sensible,

Et, par leur doux éclat, ils captivent mon cœur ;

Mais, en me subjuguant par leur charme invincible,

Pourquoi ces yeux si doux causent-ils mon malheur ?

SUR LA VIE.

La vie, ô mes amis, est une lourde chaîne,
Dont chaque jour on brise quelque anneau,
Mais dont le dernier que l'on traîne
Ne se dépose qu'au tombeau.

SUR LA NAISSANCE

D'UN ENFANT.

Puisse-t-il posséder les vertus de sa mère,
Ses graces, ses touchants attraits,
Et puisse-t-il sur-tout ne connaître jamais
Les malheurs qui long-temps ont accablé son père!

LE MESSIE,

ÉGLOGUE SACRÉE, TRADUITE DE POPE.

Préludez à vos chants, ô nymphes de Solyme !

Un céleste sujet veut un ton plus sublime.

Les vierges d'Aonie, et leurs sombres forêts,

Les songes d'Hélicon ne m'offrent plus d'attraits.

O toi qui d'Isaïe inspiras les cantiques,

Viens, et prête à ma voix tes accents prophétiques !

L'avenir se dévoile à mon œil étonné...

Une Vierge conçoit, un Fils nous est donné !

La tige de Jessé donne une fleur sacrée

Dont le parfum s'élève à la voûte éthérée :

Sur son feuillage heureux descend l'Esprit divin,

Et le mystique oiseau pénètre dans son sein.

Versez, ô cieux, versez votre douce rosée !

Qu'en silence par vous elle soit arrosée

Cette plante qui doit guérir nos maux divers,

Nous ombrager l'été, nous sauver des hivers !

Le crime cesse enfin ; l'antique fraude expire ;

La Justice revient et reprend son empire ;

La Paix, l'olive en main, se présente à nos yeux,

Et l'Innocence encor descend du haut des cieux.

O siècles, hâtez-vous ! que ce jour nous éclaire !

Parais, Enfant promis, parais à la lumière !

Vois déja la nature, en festons éclatants,

T'offrir les premiers dons de l'aimable printemps !

Vois le Liban altier mouvoir son front immense ;

Les forêts sur les monts s'agiter en cadence ;

De nuages d'encens l'humble Saron couvert,

Et les fleurs du Carmel embaumant le désert !

Mais qu'entends-je soudain ? et quels accents de joie

Ont charmé ce désert ? « Qu'on prépare la voie !

« Mortels, un Dieu paraît, un Dieu vient en ce lieu ! »

Des rives du Jourdain l'écho répète, Un Dieu !

Et dans les airs au loin la solitude immense

Du Fils de l'Éternel proclame la présence.

La terre le reçoit du céleste séjour...

O monts, abaissez-vous! et vous, à votre tour,

Levez-vous, ô vallons! inclinant vos feuillages,

Cèdres, avec respect offrez-lui vos hommages;

Rochers, aplanissez vos sommets sourcilleux;

Calmez votre courroux, torrents impétueux!

Le voilà ce Sauveur que les peuples attendent!

Que l'aveugle le voie, et que les sourds l'entendent!

Sa main, chassant des yeux l'épaisse obscurité,

Y versera du jour la brillante clarté;

Dè ses obstructions dégagera l'ouïe,

Rendra sensible aux sons l'oreille réjouie:

A sa puissante voix le muet répondra;

Et, tel qu'un daim léger, le boiteux bondira.

Il vient de tous les yeux sécher toutes les larmes;

Par-tout il fait cesser les plaintes, les alarmes;

Plonge la pâle Mort en d'invincibles fers,

Et foudroie à jamais le tyran des enfers.

Comme le bon pasteur, pour ses brebis errantes,

Cherche un air frais et pur, des herbes bienfaisantes;

Les surveille le jour, les protège la nuit;

Suit celle qui s'égare, au bercail la conduit;

Prend dans ses bras l'agneau qu'a saisi la froidure,

Le réchauffe en son sein, lui donne la pâture :

Ainsi, père futur de ce vaste univers,

Toujours sur nos besoins ses yeux seront ouverts.

Les peuples oublieront leurs haines sanguinaires;

Les combattants fougueux s'embrasseront en frères;

L'air ne frémira plus sous le clairon guerrier;

Nos champs ne verront plus un homicide acier :

Les glaives formeront la faucille innocente,

Et le soc sortira de la lance sanglante.

Alors, au sein heureux d'une profonde paix,

S'élèveront par-tout des temples, des palais;

Le fils achevera l'ouvrage que son père

N'aura pu terminer dans sa courte carrière;

Leurs vignes offriront de l'ombre à leurs enfants,

Et la main qui sema, moissonnera les champs.

Le pâtre, sur des bords où rien ne pouvait naître,

Voit tout-à-coup le lis, la verdure paraître;

Et s'étonne d'entendre, en de brûlants déserts,

Le murmure des flots frapper soudain les airs.
Naguère du dragon épouvantable asyle,
Le sauvage rocher se change en pré fertile.
En d'incultes vallons, de ronces hérissés,
Croît le buis élégant, les sapins élancés;
Le vert palmier succède à la bruyère aride,
Et le myrte odorant à l'aconit perfide.
On verra, près du loup, le tendre agneau bondir;
Au lion dévorant le bœuf se réunir;
La vipère lécher le voyageur paisible;
Le faible enfant au joug plier le tigre horrible,
Et presser de ses mains, en ses aimables jeux,
De l'ardent basilic les replis écailleux.
Lève-toi, lève-toi, Sion majestueuse!
Élance jusqu'aux cieux ta tête radieuse!
Vois les nombreux essaims de tes enfants futurs
S'élever et remplir l'enceinte de tes murs,
Impatients déja d'obtenir l'existence,
Et ce ciel où leurs vœux les transportent d'avance!
Vois de ces murs sacrés cent peuples s'approcher,
S'incliner dans ton temple, à ta clarté marcher!

Des rois, sur tes autels, vois la foule pompeuse
Déposer les tributs de l'Arabie heureuse !
Saba cueillir pour toi les parfums de ses bords,
Et l'habitant d'Ophir t'apporter ses trésors !
Le ciel enfin, t'ouvrant ses portes éternelles,
Te verser à grands flots ses clartés immortelles !
De ce brillant soleil l'éclat disparaîtra ;
De la reine des nuits le flambeau s'éteindra :
Ils verront leur splendeur par la tienne éclipsée ;
Mais ta gloire, ô Sion ! ne peut être effacée.
La Lumière elle-même est présente à tes yeux,
Et t'entoure à jamais de ses rayons heureux.
Les mers doivent tarir, les monts tomber en poudre,
Et, sous la main du temps, les mondes se dissoudre ;
Mais toi, Dieu l'a juré, ton règne est éternel :
Ton Messie est placé sur le trône du ciel !

LA PRIÈRE UNIVERSELLE,

TRADUITE DE POPE.

Deo Opt. Max.

O toi, de l'univers père et modérateur,
En tous lieux reconnu comme dans tous les âges,
Dont le nom, Jéhovah, Jupiter, ou Seigneur,
Est adoré des saints, des barbares, des sages!

Grand principe de tout, que l'on comprend le moins;
Qui bornes tous mes sens à me faire connaître
Que toujours la bonté se montre dans tes soins,
Et que l'aveuglement règne seul en mon être:

Qui m'indiques pourtant, dans cette obscurité,
Et le bien et le mal de l'état où nous sommes;

Qui soumets la Nature au Destin redouté,
Et laisses libre enfin la volonté des hommes :

O Dieu! fais que du bien je sépare le mal;
Et que mon cœur, tout plein de ta grandeur suprême,
Craigne l'un plus encor que l'abyme infernal,
Et cherche l'autre autant et plus que le ciel même.

Ne me laisse jamais rejeter un bienfait
Qu'accorde à mes besoins ta sage providence :
Dieu, quand l'homme reçoit, est toujours satisfait;
Et jouir de ses dons, voilà l'obéissance.

Que je ne pense point qu'à ce globe où je vis
Se bornent les effets de cette bienfaisance;
Ni qu'à tes saintes lois l'homme seul soit soumis,
Quand des mondes sans nombre attestent ta puissance.

Ne permets pas non plus que mes débiles mains
Osent lancer ici tes foudres redoutables;
Ni qu'à mon tribunal condamnant les humains,
Je plonge aux noirs enfers ceux que je crois coupables.

Si dans le vrai chemin ton œil me voit entrer,
Daigne m'y maintenir par ta divine grace;
Si je suis dans l'erreur, consens à m'éclairer,
Et d'un meilleur sentier fais-moi suivre la trace.

Que l'orgueil de mon cœur ne s'empare jamais;
Et préserve ce cœur de plaintes criminelles
Sur tout ce que ta main refuse à mes souhaits,
Et ce que m'ont donné tes bontés paternelles.

Fais que je sois sensible aux souffrances d'autrui,
Et cache les défauts de l'homme mon semblable:
Par la compassion que je montre pour lui,
Puissé-je mériter ta pitié secourable!

Je suis vil, il est vrai, mais non pas tout entier,
Car de son feu divin ton souffle me pénètre:
De veiller sur mon sort j'ose donc te prier,
Soit qu'aujourd'hui je vive, ou que je cesse d'étre.

Donne à mon corps ton pain, à mon ame ta paix.
Si tu dois m'accorder d'autres biens dans la vie,

Ou me les refuser, c'est toi seul qui le sais,
Et que ta volonté soit toujours accomplie.

Vers toi, de qui le temple est l'espace infini,
Dont l'autel est le ciel, l'océan et la terre,
Que des êtres divers l'hommage réuni
S'élève, avec l'encens de la Nature entière!

RÉPONSE

A M. LE PROFESSEUR WAELES,

Qui m'avait envoyé, pour la fête de saint Antoine, mon
patron, une épître, une chanson et un distique.

ÉPITRE, couplets, et distique,
J'ai tout reçu dans ce séjour
Où je sens ma langueur étique
Se dissiper de jour en jour.

Ce n'est point l'art hippocratique

Qui produit cet heureux retour;

C'est un pouvoir bien plus magique,

Propos joyeux, baisers d'amour,

Bonne table, bon vin, musique,

Enfin tout ce qu'un sage antique,

Qu'Épicure sut tour-à-tour

Enseigner et mettre en pratique,

Et qu'offre ce manoir rustique

Où les Plaisirs tiennent leur cour.

C'est de ce lieu que je réplique

A ce compliment poétique

Où vous daignez, en vers charmants,

Prier la Parque tyrannique

De respecter mes jeunes ans,

Et de filer d'heureux instants

Au rimeur un peu prosaïque

Qui vous fait ses remerciements.

Cher Professeur, mon cœur se pique

D'être sensible à vos bontés;

Et mes vœux, vers le ciel portés,

Pour vous, dans une humble supplique,
Implorent les prospérités
Dont ce ciel est la source unique,
Et qu'à bon droit vous méritez.
Ah! le jour du saint italique
Que j'honore comme patron,
Que n'étiez-vous dans ce canton!
Tourte friande et magnifique,
Huîtres, poularde, vieux flacon,
Me furent présentés au nom
De ce bienheureux catholique;
Et, dans notre réunion,
Vous eussiez pris part sans façon
A l'offrande gastronomique.
Mais un proverbe nous indique
Qu'il vaut mieux tard que pas du tout;
Et je trouve fort de mon goût
Cet adage philosophique,
Qui console le genre humain
Dans mainte affaire diabolique
Que lui suscite le destin.

Nous prouverons, j'en suis certain,
Que la maxime est véridique ;
Et de nouveau, le verre en main,
Nous sablerons ce chambertain
Qui vaut bien le fameux massique
Dont autrefois le jus divin
Du joyeux lyrique romain
Échauffait la verve classique ;
Et, bannissant de ce festin
Et l'ennuyeuse politique,
Et la science académique,
Le dieu d'amour, le dieu du vin,
Régneront seuls, jusqu'à la fin,
Au banquet anacréontique.

Peut-être que ma rime en *ique*
Fatiguera l'attention :
Mais dût quelque censeur caustique
Prétendre qu'elle est sans raison,
Malgré cet esprit satirique,
Jusques au bout je tiendrai bon ;

Car c'est à vous que je m'applique
A plaire en cette occasion;
A vous qui savez, sans critique,
Entendre une simple chanson
Qu'au sein d'une fête bachique
Je donne sans prétention,
Et qui pardonnerez le ton
Dont ici ma muse s'explique,
En faveur de l'intention.

LA BERGÈRE INFORTUNÉE,

IDYLLE (1).

Je ne résiste plus à ma douleur extrême!
Ah! doit-on vivre encor quand on perd ce qu'on aime?
Je remplis les forêts de mes gémissements;
Rien ne saurait calmer l'excès de mes tourments.

(1) Cette pièce est de madame Cunyngham, épouse de l'auteur.

C'est en vain que je cherche une sensible amie
Qui puisse soulager les chagrins de ma vie :
Tout me fuit... et la mort est seule près de moi !
Pour toute confidente, Écho, je n'ai que toi !
De mes peines ici seule dépositaire,
Tu reçois mes soupirs dans ce lieu solitaire,
Et, de ces antres creux où tu fais ton séjour,
A ma plaintive voix tu réponds chaque jour.
Mais quel bruit tout-à-coup sort du fond du bocage ?
Quel objet semble errer sous le sombre feuillage ?
Daphnis ! ô cher Daphnis ! est-ce toi que j'entends,
Toi dont le tendre amour charmait tous mes instants ?
Est-ce toi qui reviens, dans l'ombre et le silence,
Me consoler enfin par ta douce présence ?
Approchons... Mais que dis-je ?... ô regrets superflus !
Celui que je crois voir, depuis deux mois n'est plus !
Daphnis n'est plus, ô ciel ! et la Parque ennemie
A tranché sans pitié sa déplorable vie.
De toutes ses vertus, dieux ! voilà donc le prix !
Hélas ! pour l'enchaîner dans ses liens chéris,
L'Hyménée apprêtait une brillante fête ;

Déja sa main de fleurs allait ceindre sa tête...

Quand la cruelle mort éteint son doux flambeau,

Et change tout-à-coup son autel en tombeau!

Ah! que sont devenus ces jours, ces jours d'ivresse,

Où Daphnis de son cœur me peignait la tendresse?

Où sont ces heureux temps où nos flexibles voix

Confondaient leurs accords sous la voûte des bois,

De ces bois dont jadis l'ombre mystérieuse

Vit le premier baiser de sa bouche amoureuse?

J'ai tout perdu!... J'ai vu s'évanouir soudain

Ce bonheur passager que m'offrit le destin.

Telle, doux ornement d'une rive féconde,

Si le souffle des vents l'emporte au sein de l'onde,

Avec rapidité la fleur en suit le cours,

Et bientôt à nos yeux disparaît pour toujours:

Du bonheur d'ici-bas image trop réelle!

On ne tient pas long-temps ce fantôme infidèle.

On le cherche sans cesse, et sans cesse il nous fuit;

Nous fuyons le malheur, et par-tout il nous suit.

Oh! comment appaiser le mal qui me dévore!

Daphnis n'existe plus, et je respire encore!

Et je suis dans ces lieux, et je parcours ces bois
Où je reçus, hélas! ses serments autrefois!
Ah! quittons cet asyle : en mon ame éperdue
Je sens tous mes tourments redoubler à sa vue.
Ces fertiles coteaux, ces fortunés vallons,
Ces tranquilles forêts, ces ruisseaux, ces gazons,
Rien pour mon triste cœur n'a désormais de charmes,
Et ces lieux sont sans cesse arrosés de mes larmes.
Adieu donc à jamais, trop funeste séjour!
Tu ne me verras plus, sur les monts d'alentour,
La houlette à la main, devancer mes compagnes;
Tu ne m'entendras plus, dans tes vertes campagnes,
Aux flûtes des pasteurs marier mes accents,
Et célébrer l'amour et le bonheur des champs.
Adieu!... Sur le tombeau de l'amant que j'adore,
Avant de m'éloigner, je vais pleurer encore,
D'une tremblante main répandre quelques fleurs,
Et sur la pierre encor relire nos malheurs!

PENSÉE MORALE,

IMITÉE DE L'ANGLAIS.

Dans le riant vallon, sous des ombrages frais,
Le tranquille ruisseau roule son onde pure;
Il traverse le bois par des sentiers secrets,
Et mon oreille à peine en entend le murmure.

D'abord, en cent détours, il erre lentement
Dans les champs fortunés qui lui donnent naissance;
Puis, du haut des rochers, il tombe en écumant,
Et court se perdre enfin dans l'océan immense.

Comme ces flots charmants qui baignent le vallon,
Puissent couler toujours mes paisibles journées!
Et que la soif de l'or, l'orgueil, l'ambition,
Ne viennent point troubler le cours de mes années!

10

Quand sous le poids de l'âge on me verra fléchir,
Ah! du fleuve pour moi que rien n'altère l'onde,
Jusqu'à ce qu'il se plonge au sein de l'avenir,
Et dans l'éternité tout entier se confonde!

LE VRAI BONHEUR.

Non, tous ces biens que le vulgaire adore,
L'or et les diamants des rives de l'aurore,
Et l'éclat d'un grand nom, et l'auguste faveur
    Dont un monarque nous honore,
    Ne donnent pas le vrai bonheur,
    Et ne sont point ce que j'envie.
Il est un autre objet plus doux, plus enchanteur,
Dont la possession à mon ame ravie
    Offre un bien cent fois plus flatteur,
Et qui peut faire seul le charme de ma vie...
Cet objet, c'est le cœur de la jeune Silvie,
Et Silvie à mes vœux vient d'accorder son cœur!

CHACTAS

AU TOMBEAU D'ATALA.

J'AI vu la plus belle des fleurs
Mourir, par les vents arrachée,
Et sur sa tige desséchée
En vain j'ai répandu des pleurs.
Mes cris, dès que le jour commence,
Troublent le silence des bois;
L'écho seul répond à ma voix
Dans cette solitude immense.

Mon Atala! fleur de beauté,
Tu disparais de cette terre :
Tu fuis, victime volontaire,
Dans le sein de l'éternité!
Tu sens ta vertu qui chancelle

10.

Sous la puissance de l'amour...
Et tu sais renoncer au jour,
Pour rester à ton vœu fidèle.

Chactas, accablé de malheurs,
N'ose-t-il suivre ton exemple,
Et dans ce tombeau qu'il contemple
Déposer aussi ses douleurs ?
Des tourments l'appareil horrible
Ne put jamais l'épouvanter ;
Doit-il aujourd'hui redouter
L'approche d'une mort paisible ?

Hélas ! pour descendre au tombeau,
Je sens qu'il faut souffrir encore,
Et d'un long jour à son aurore
Jusqu'au soir porter le fardeau !
Peut-être aux rives étrangères
Le malheur conduira mes pas...
Peut-être qu'un obscur trépas
M'attend loin des champs de mes pères.

Ah! puisse le sort inhumain
M'épargner ce dernier outrage!
Je veux signaler mon courage,
Et périr la lance à la main.
J'entends une voix qui me crie :
« Le chemin de la gloire est là ;
« Montre-toi digne d'Atala,
« Et meurs digne de ta patrie! »

Fille modeste des déserts,
Avec honneur si je succombe,
Qu'on me place au moins dans la tombe
Dont tes attraits furent couverts ;
Et qu'à la cendre que j'adore
La mienne se mêle en ces lieux,
Comme nos soupirs amoureux
S'y mêlaient sous le sycomore!

ÉLOGE DE L'AGRICULTURE.

Le Printemps reparaît; et l'Hiver en courroux,
S'indignant de céder à ce rival si doux,
Retourne au fond du nord, lieux où rien ne respire,
Exercer librement son tyrannique empire.
Les neiges, les frimas, les fougueux aquilons,
Suivent leur fier monarque en ces déserts profonds;
Tandis que le zéphyr, de son humide haleine,
Vient caresser les monts et féconder la plaine,
Et, sous un ciel serein, aux mortels satisfaits
De la saison nouvelle annonce les bienfaits.

Tout s'éveille à-la-fois : l'astre de la lumière
Rend sa douce chaleur à la nature entière.
L'atmosphère s'épure à ses divins rayons;
La terre, en souriant, reprend ses verts gazons;
La fleur s'épanouit; sous le naissant feuillage

Gazouille de nouveau le chantre du bocage :
S'élançant loin du port, le nautonnier charmé
Vogue tranquillement sur l'océan calmé ;
Le pâtre vigilant, de ses brebis nombreuses,
Couvre encor des coteaux les cimes buissonneuses ;
Et par-tout, des hivers quittant le noir foyer,
L'homme court respirer le souffle printanier.

Mais que le laboureur ressent avec délice
Cette température à ses souhaits propice !
Qu'avec plaisir son œil voit les premiers beaux jours
Où, de tous ses travaux recommençant le cours,
Il pourra rompre encor cette glèbe amollie,
Sous les tristes frimas long-temps ensevelie !
Plus de repos. Déja, de l'étable sortis,
Ses bœufs obéissants avec lui sont partis ;
Déja leur cou nerveux fait marcher la charrue ;
Tandis que l'alouette, en montant dans la nue,
De chants mélodieux fait retentir les airs,
Et charme leur labeur par ses tendres concerts.
Le maître industrieux, de la terre fertile,

Avec empressement, ouvre le sein docile,
Et, parcourant au loin les coteaux, les vallons,
Trace de toutes parts d'innombrables sillons.
Enfin sa main prudente à la féconde plaine
Des futures moissons a confié la graine;
Et, vers la fin du jour, bercé d'un doux espoir,
Il regagne gaîment son champêtre manoir.
Là, parmi les ébats de sa jeune famille,
Il va se délasser près du feu qui pétille;
Tandis que sur ce feu, dans un brillant airain,
Sa compagne chérie apprête son festin,
Couvre d'un lin modeste une modeste table,
Y dépose le lait ou le cidre agréable,
Et, près d'un pain formé d'un froment savoureux,
Étale les produits des vergers fructueux.

Heureux qui vit ainsi des trésors qu'il moissonne,
Satisfait des tributs que la terre lui donne!
Loin du faste des cours, des intrigues des grands,
Il borne tous ses soins à cultiver ses champs;
Et, simple possesseur d'un humble toit de chaume,

Il y gouverne en paix son rustique royaume.

De ces lieux sont bannis et les soucis rongeurs,

Et les tristes soupçons, et les remords vengeurs,

Et la haine, et l'envie; infernale cohorte,

Qui des pompeux palais vient assiéger la porte,

Et qu'en vain l'opulence et l'insolent orgueil

S'efforcent d'écarter de leur superbe seuil.

Mais ces biens qu'aux mortels offrit le premier âge,

Que ne procure point la fortune volage,

La brillante santé, la joie au front riant,

Ce calme heureux qui fuit loin d'un monde bruyant,

Ce paisible sommeil que donne l'innocence,

Tels sont les doux bienfaits dont le ciel récompense

L'humble cultivateur, qui jamais de Plutus

N'acheta les faveurs au prix de ses vertus.

Un modeste héritage est sa seule richesse,

Mais tout ce qu'il desire, il l'y trouve sans cesse.

Que dis-je? son terrain, par ses heureux efforts,

Prodigue pour lui seul de trop vastes trésors :

Sa main les verse au loin; et ses gerbes fertiles

Apportent, tous les ans, l'abondance en nos villes.

Ainsi que pour lui-même, il travaille pour nous ;

Le fruit de ses sueurs se partage entre tous ;

Et, par des soins constants, son active industrie

Fait vivre un peuple entier et nourrit la patrie.

Combien me déplaît donc ce mortel orgueilleux

Qui, toujours des cités habitant fastueux,

Voit sans émotion les champs et la verdure,

Et dédaigne sur-tout l'utile agriculture !

Eh ! ne sait-il donc pas que cet art autrefois

Occupa les loisirs des héros et des rois ?

Que Rome vit, au temps de ses vertus antiques,

Ses guerriers se livrer à des travaux rustiques ?

Oui, jadis elle a vu ces nobles laboureurs,

Par son choix élevés au faîte des honneurs,

Pour la pourpre qu'offrait l'auguste dictature,

De leurs champs à regret quitter l'humble culture,

D'un glaive redoutable armer soudain leur bras,

Et, couverts de lauriers cueillis dans les combats,

Paisibles, retourner aux campagnes riantes,

Et reprendre le soc de leurs mains triomphantes.

Plus tard, à ces Romains, maîtres de l'univers,

Favoris de Bellone, amis du dieu des vers,
Virgile au sein des champs, dans un réduit tranquille,
D'une savante voix chanta cet art utile ;
Des diverses saisons enseignant les travaux,
Guida l'agriculteur par des chemins nouveaux ;
Par de nouveàux secrets, rajeunit la méthode
Que la Grèce reçut de l'antique Hésiode :
Et bientôt, profitant de ses sages leçons,
L'Ausonie admira ses superbes moissons.

Heureux imitateur de cet illustre maître,
Tu nous rends les accords de sa muse champêtre,
Harmonieux Delille! Oh! que tes vers touchants
Peignent bien la nature et font aimer les champs!
La vertu de tes mœurs fut la règle éternelle,
Et sans cesse tes chants sont inspirés par elle.
De plaisirs toujours purs tu m'apprends à jouir :
Soit que, guidant mes pas, tu me fasses gravir
Le sommet sourcilleux de ces fières montagnes
D'où l'œil découvre au loin les fertiles campagnes,
La vaste mer, les lacs, les vallons et les bois,

Et le hameau du pâtre, et la cité des rois,

Leurs somptueux palais, sa cabane modeste;

Soit que, dans la forêt suivant ta muse agreste,

Près des flots écumeux du torrent qui mugit,

Aux méditations je livre mon esprit;

Soit qu'enfin, de Cérès célébrant les largesses,

Des guérets à mes yeux tu montres les richesses,

Les vergers pleins de fruits, les prés pleins de troupeaux,

Et les bergers dansant à l'ombre des ormeaux.

Mais, hélas! sur la terre est-il rien de durable?

Nous naissons pour mourir... La Parque inexorable

Du chantre de Mantoue a frappé le rival! (1)

La France, en gémissant, a vu ce coup fatal:

Son poëte n'est plus!... Les Muses éplorées

Négligent et leurs chants et leurs lyres sacrées;

Et, quittant l'Hélicon, chacune vient en deuil

Des larmes du regret honorer son cercueil.

Et vous, venez aussi, vous témoins de sa gloire,

Vous à qui ses vertus font chérir sa mémoire,

(1) Ces vers furent composés peu de temps après la mort de l'abbé Delille.

Venez! et sur sa tombe, objet de nos douleurs,
Déposez avec moi des couronnes de fleurs,
Et de chaque printemps que les fraîches guirlandes
Renouvellent toujours vos funèbres offrandes.
Mais que dis-je? et pourquoi ces honneurs superflus?
A Delille, ô Français! d'autres honneurs sont dus.
Si vos pleurs ont mouillé sa dépouille mortelle,
Célébrez son bonheur dans la vie éternelle,
Parlez des souvenirs qu'il nous laisse ici-bas,
Et dites tous enfin : Delille ne meurt pas!
Non, l'inflexible mort sur lui n'a point d'empire...
Par ses brillants accents, il a su reproduire
Et les chants de Virgile, et les chants de Milton :
A leurs noms désormais l'univers joint son nom;
Et, tandis qu'à sa cendre on offre des hommages,
Entouré de l'éclat de ses nobles ouvrages,
Tel que son ame au sein de la Divinité,
Son génie a volé vers l'immortalité.

ROMANCES

ET

CHANSONS.

LA SOLITUDE.

Voici l'agreste et solitaire asyle
Où j'ai goûté le calme tant de fois.
Je chérissais l'ombrage de ces bois ;
J'y venais fuir le fracas de la ville ;
Et dans ces lieux que sans toi je parcours,
Tendre Amitié, tu me suivais toujours.

Ces frais vallons, ces riantes prairies,
Tout m'inspirait la paix et le bonheur :
Le dieu d'amour, qui régnait sur mon cœur,
Charmait encor mes douces rêveries.
Oui, dans ces lieux que sans toi je parcours,
Amour, alors tu me suivais toujours.

Ah ! cet asyle agreste et solitaire
N'est plus pour moi ce séjour trop heureux !

11

Par-tout en vain je promène mes yeux,
Je n'y vois rien qui puisse encor me plaire.
Sans l'Amitié, sans le dieu des amours,
Mon triste cœur y soupire toujours.

Les aquilons nous soufflent la froidure,
Et dans nos champs l'hiver fait tout languir;
Mais le printemps ramène le zéphyr,
Et l'on revoit les fleurs et la verdure.
Tendre Amitié, jeune dieu des amours,
Vous seuls, hélas! fuyez-vous pour toujours?

LES DEUX BOUTONS DE ROSE.

DAIGNE accepter, belle et modeste Hélène,
Ces deux boutons que t'offre mon amour:
Du doux zéphyr la caressante haleine
Exprès pour toi les fit naître en ce jour.

L'aimable rose est la fille chérié
Que Flore élève en ses riants bosquets;
Et par Vénus elle est toujours unie
Au myrte vert qui pare ses attraits.

De la beauté c'est la touchante image :
Bien peu d'instants elle brille à nos yeux ;
Mais, comme à toi, chacun lui rend hommage,
Et s'il est court, son destin est heureux.

Pour prolonger sa fragile existence,
Ne la joins pas aux lis de ton beau sein ;
Car si ta main commet cette imprudence,
De jalousie elle mourra soudain.

MON BONHEUR.

AVEC l'objet de ma tendresse,
Je coule de paisibles jours;
Et jamais la sombre tristesse
Ne vient en troubler l'heureux cours.
Je ressens toujours près d'Adèle
Nouvelle ardeur, nouveaux desirs;
Et d'un amour pur et fidèle
Je savoure les doux plaisirs.

Si je contemple sa figure,
Ses yeux si pleins de sentiment,
Sa longue et blonde chevelure,
Tout me ravit également.
De sa voix flexible et sonore
Que j'aime les accords flatteurs!

Et combien son esprit encore
Ajoute à ces dons enchanteurs !

On prétend que dans cette vie
Le vrai bonheur n'existe pas :
C'est une erreur, ô mon amie !
Car je le trouve dans tes bras.
Ah ! puisse ainsi mon existence
Se terminer tranquillement,
Comme un beau jour meurt en silence
Au sein de l'humide élément !

LE DÉPART DU TROUBADOUR.

Près de quitter sa patrie et sa belle,
Pour suivre au loin la bannière des preux,
Au pied d'un chêne, un troubadour fidèle
Chantait ainsi sur son luth amoureux :

Oui, c'en est fait, je vais chercher la gloire;
Sa voix m'appelle au milieu des combats :
En combattant, on obtient la victoire,
Ou bien du brave on trouve le trépas.

Loin des beaux yeux qui captivent mon ame,
Au sein des camps j'emporte mon amour;
Et mon pays, et l'objet de ma flamme,
Occuperont mes pensers chaque jour.

Le souvenir d'une amante chérie
Pour mon devoir redouble mon ardeur :
La mériter en servant la patrie,
Voilà l'espoir qui flatte ma valeur.

Au champ d'honneur si pourtant je succombe,
Ah! que mon nom n'en soit point oublié!
Que de ses pleurs elle arrose ma tombe...
De mon amour je serai trop payé.

LA MÉLANCOLIE.

CÉLESTE Mélancolie,
Ah! viens habiter ces lieux !
Et, pour me rendre à la vie,
Verse en mon ame flétrie
Ton baume délicieux.

Au chagrin qui me dévore
Fais succéder ta douceur :
Je languis à mon aurore,
Et ton pouvoir, que j'implore,   .
Peut seul calmer ma douleur.

Dans nos plus tristes alarmes,
Tu nous amènes la paix :
Même à répandre des larmes

Nous trouvons souvent des charmes
Par tes consolants bienfaits.

Le désert le plus sauvage
Par toi peut être embelli ;
Et tu sais à l'homme sage
Des coups du sort qui l'outrage
Apporter l'heureux oubli.

Céleste Mélancolie,
Oui, viens habiter ces lieux ;
Et, pour me rendre à la vie,
Verse en mon ame flétrie
Ton baume délicieux.

L'INFIDÉLITÉ.

Je la croyais sincère autant que belle ;
Ses doux serments avaient comblé mes vœux ;
Mais je me vois trahi par l'infidèle
Qui m'abandonne, et fuit loin de mes yeux.

L'ingrate, hélas ! dans les plaisirs du monde,
Suit maintenant un lâche séducteur !...
Ah ! je n'attends, dans ma douleur profonde,
Que le trépas pour finir mon malheur.

Sur l'horizon lorsque la nuit s'avance,
J'espère enfin goûter quelque repos ;
Mais de la nuit le paisible silence
N'apporte point de remède à mes maux.

De ses rayons l'aurore nous éclaire,
Et son éclat nous promet un beau jour ;
Mais c'est en vain... rien ne peut me distraire,
Et mon bonheur est perdu sans retour !

QUEL EST MON MAL ?

Je n'aime plus cette belle retraite ;
Je n'aime plus les bosquets d'alentour :
Dans ces vallons mon ame est inquiète...
Quel est mon mal ? serait-ce de l'amour ?

De Philomèle, au sein du frais bocage,
J'entends la voix qui charme ce séjour ;
Mais sans plaisir j'écoute son ramage...
Quel est mon mal ? serait-ce de l'amour ?

De ce ruisseau, qui fuit sur la verdure,
Le bruit flatteur me deplaît à son tour ;

Zéphyre en vain sous l'ombrage murmure...
Quel est mon mal ? serait-ce de l'amour ?

Mon cœur soupire au seul nom de Glycère;
Ma voix l'appelle et la nuit et le jour :
Par-tout je songe à la jeune bergère...
Ah! je le sens, mon mal est de l'amour!

Toi que j'adore, aimable pastourelle,
Viens donc enfin me payer de retour!
Viens mettre un terme à ma peine cruelle...
Ou dans ces lieux je vais mourir d'amour.

L'ABSENCE.

Près de ma jeune amie,
Combien j'étais heureux !
Sa présence chérie
Remplissait tous mes vœux.
Mais loin de ce que j'aime
Je traîne mon destin ;
Et ce bonheur suprême
N'est plus qu'un songe vain.

Je ne puis plus entendre
Ses accents gracieux ;
Et son regard si tendre
N'enchante plus mes yeux :
De l'objet que j'adore
C'est le doux souvenir
Qui seul me laisse encore
Le pouvoir de jouir.

Aux charmes de ma belle
Je songerai toujours ;
Je lui serai fidèle
Comme les troubadours :
Chaque jour sur ma lyre
Je chanterai son nom,
Et le ferai redire
A l'écho du vallon.

Je garde l'espérance
De revoir ses attraits ;
Et cette confiance
Adoucit mes regrets.
Mais si ma jeune amie
N'est rendue à mon cœur,
Ciel ! ôte-moi la vie
En m'ôtant le bonheur !

LE TEMPS D'AIMER.

Le doux zéphyr de nos campagnes
A chassé l'aquilon fougueux ;.
Les bois, les plaines, les montagnes,
Tout sourit à son règne heureux.
Déja la tendre Philomèle
Par ses chants revient nous charmer ;
Et sous l'ormeau la tourterelle
Nous annonce le temps d'aimer.

L'amour, au sein de la prairie,
Fait bondir les troupeaux joyeux,
Tandis que sur l'herbe fleurie
Le berger soupire ses feux.
Sous l'influence printanière,
Je vois chaque être s'animer ;
Je vois que la nature entière
Nous annonce le temps d'aimer.

Profitons, mon Éléonore,

Profitons de ces doux instants ;

Car de nos jours la courte aurore

Va passer comme le printemps.

Quand l'hiver nous blanchit la tête,

Le cœur ne peut plus s'enflammer,

Et c'est en vain que l'on regrette

Le temps où l'on devait aimer.

LE MOYEN D'ÊTRE HEUREUX.

POUR être heureux, amis, je vous le jure,

Il ne faut pas si long-temps réfléchir :

Suivons la loi du joyeux Épicure,

Qui chaque jour nous invite au plaisir ;

Car c'est la loi que dicte la nature,

Et gardons-nous de lui désobéir.

Sacrifions au dieu de la tendresse,

Mais à ce dieu joignons le dieu du vin ;

Et, tout remplis de leur aimable ivresse,

O mes amis ! répétons ce refrain :

Aimons, buvons, chantons, rions sans cesse,

Et loin de nous bannissons le chagrin.

Vivant ainsi plus heureux qu'un monarque,

Je ne veux point former d'autre souhait ;

Et quand viendra le jour où de la Parque

Je dois subir l'inévitable arrêt,

Triste nocher, dans ta fatale barque

Tu me verras descendre sans regret.

LE COIN DU FEU.

Au coin du feu
Quand le sombre hiver nous rassemble,
Combien je me plais en ce lieu !
Si l'on est heureux d'être ensemble,
Ah ! c'est bien, ce me semble,
Au coin du feu.

Au coin du feu,
Des vents je nargue la colère :
Là, je m'inquiète fort peu
Si Mars épouvante la terre,
Et je brave la guerre
Au coin du feu.

Au coin du feu,
De cent façons le temps se tue :

Des chants, des ris, on passe au jeu;

Et la carte est souvent perdue,

Par plus d'une bévue,

Au coin du feu.

Au coin du feu,

Églé, l'Amour vient vous surprendre;

Et, par le plus touchant aveu,

On voit, à l'aimable Sylvandre,

Votre fierté se rendre

Au coin du feu.

Au coin du feu

Que chacun vienne de la treille

Encenser avec moi le dieu :

Savourons sa liqueur vermeille,

En vidant la bouteille

Au coin du feu.

Au coin du feu,

Phébus daigne monter ma lyre;

Et je ne forme d'autre vœu
Que de voir mes amis sourire
Aux chansons qu'il m'inspire
Au coin du feu.

LA FOLIE.

C'est en vain que l'on raisonne
Et qu'on veut me sermonner;
Moi, je n'écoute personne,
Et je veux déraisonner :
A la Folie, amis, je m'abandonne,
Et sur ses pas je me laisse entraîner.

Des plaisirs de la jeunesse
Sachons nous environner,
Et que jamais la tristesse
Ne vienne nous chagriner :

Par la Folie animons-nous sans cesse,
Et sur ses pas laissons-nous entraîner.

Dans les sanglantes alarmes,
L'un se fait exterminer ;
L'autre, loin du bruit des armes,
A la cour va s'incliner :
Mais la Folie a pour moi plus de charmes,
Et sur ses pas je me laisse entraîner.

Au dieu d'amour qui m'appelle
Mon cœur pourrait se donner ;
Mais ce cœur, un peu rebelle,
Ne peut long-temps s'enchaîner :
A la Folie il est toujours fidèle,
Et sur ses pas il se laisse entraîner.

De ses pampres, de son lierre,
Bacchus va nous couronner...
Buvons, buvons à plein verre,
Ce dieu vient nous l'ordonner :

De la Folie il est ami sincère,
Et sur ses pas laissons-nous entraîner.

Mais notre course agréable
Un jour doit se terminer,
Et la mort inexorable
Chez Pluton doit nous mener :
Douce Folie, en ce lieu redoutable,
Ah! pour toujours faut-il t'abandonner?

LES MARIS TROMPÉS.

Maris, pourquoi vous plaignez-vous
Quand vos femmes sont infidèles?
Vous-mêmes, soit dit entre nous,
N'êtes-vous pas pécheurs comme elles?
C'est d'ailleurs un usage ancien,
Qui nous est venu d'âge en âge;
Et dans ce bas monde il faut bien
Se soumettre à plus d'un usage.

De maris trompés en tous lieux
Je pourrais conter mainte histoire :
Il en fut même chez les dieux,
Dont on conserve la mémoire.
La brillante Aurore, dit-on,
Parjure à la foi conjugale,
Sortant des bras du vieux Tithon,
Volait dans ceux du beau Céphale.

Du fils de la reine des cieux
Lorsque Vénus devint l'épouse,
De Vulcain ses écarts nombreux
Irritèrent l'humeur jalouse.
Dans la couche de Mars un jour
Il surprit sa femme endormie,
Et voulut d'un coupable amour
Punir sur-le-champ l'infamie.

Autour du lit, dans leur sommeil,
Son art dresse un piège invisible
Qui les retient, à leur réveil,

Par une puissance invincible.
Il appelle les dieux soudain
Pour confondre son infidèle...
Mais on rit du pauvre Vulcain,
Bien plus, hélas! que de la belle!

O vous, Maris, en pareil cas,
N'imitez point son imprudence;
Car sans doute il ne devait pas
Mettre l'affaire en évidence.
En recevant ce triste affront,
Le mieux toujours est de se taire...
Vengez l'honneur de votre front,
Mais vengez-le dans le mystère.

LE BUVEUR.

Qu'un autre, épris de la gloire,
Chante Mars et ses fureurs ;
Pour nous, qui n'aimons qu'à boire,
Chantons le dieu des buveurs.
Soyons toujours les apôtres
Du dieu qui nous charme tous,
Et ne recevons point d'autres
Que ses amis parmi nous.

A notre reconnaissance
N'a-t-il pas droit en effet ?
Tous les jours à sa puissance
On doit un nouveau bienfait.
Si le chagrin nous oppresse,
Il se dissipe par lui ;
Et c'est son aimable ivresse
Qui nous fait rire aujourd'hui.

En buvant à tasses pleines,
Je suis heureux chaque jour,
Et je nargue jusqu'aux peines
Que donne le dieu d'amour.
Si je trouve une cruelle,
Dans mon destin rigoureux,
Je me brûle la cervelle...
Avec un bon vin mousseux.

Je n'eus jamais l'habitude
De chercher l'or chez Plutus :
Je fais mon unique étude
Des doux trésors de Bacchus.
Durant la journée entière,
Je tiens en main mon flacon ;
Je le tiens quand la lumière
Abandonne l'horizon.

Mais si pourtant je sommeille,
Si ma force s'affaiblit,
Qu'on place alors ma bouteille

Près du chevet de mon lit.
Dès que l'aube nous éclaire,
Que je fête son retour,
Et que ma première affaire
Soit de boire au point du jour.

Enfin au sombre rivage
Quand m'appellera le sort,
Pour mieux faire le voyage,
Qu'on m'apporte un rouge bord.
Oui, qu'à cette dernière heure
On me verse encor du vin ;
Et, puisqu'il faut que l'on meure,
Mourons le verre à la main.

MA PHILOSOPHIE.

Dans ce bas monde on ne sait guère
Si l'homme, pour se rendre heureux,
Doit vivre en philosophe austère,
Ou bien vivre en voluptueux.
Quant à moi, mes amis, je pense
Que c'est une sage union
Et de folie et de raison,
    Qui charme l'existence.

Me conformant à ma fortune,
Je veux un modeste réduit,
Où, loin de la foule importune,
Mes jours s'écouleront sans bruit.
J'y veux sur-tout compagne aimable,
Quelques livres, de vrais amis,
Chère agréable, vins choisis,
    Et l'allégresse à table.

Là, des beaux-arts la troupe encore
Viendra m'offrir d'autres plaisirs ;
Les vers, le chant, le luth sonore,
Occuperont mes doux loisirs.
J'en bannirai toute querelle,
Tout esprit frondeur, envieux,
L'orgueil au regard dédaigneux,
   Et la haine cruelle.

O mes amis ! dans cette vie
Si vous voulez jouir toujours,
Il faut par ma philosophie
Savoir embellir tous vos jours.
Semer de fleurs ce court passage,
Mettre à profit tous les instants,
C'est ainsi qu'on remplit son temps
   En véritable sage.

LE PREMIER PAS.

Amants, ne vous souvient-il pas
De ce jour où, d'un cœur timide,
Sous les drapeaux du dieu de Gnide
Vous avez fait le premier pas?

Combien de trouble, de combats,
Quels transports agitaient votre ame,
Quand vers l'objet de votre flamme
Vous avez fait le premier pas!

Rappelez-vous tout l'embarras,
La pudeur touchante et craintive
De l'amante jeune et naïve
Qui redoutait le premier pas.

Mais, ô moment rempli d'appas !
L'amour a levé la barrière...
La belle est à vous toute entière,
Puisqu'elle a fait le premier pas.

Amants, ne soyez point ingrats :
N'abusez pas de la victoire ;
Et ne perdez point la mémoire
Du jour heureux du premier pas.

LE PREMIER JOUR.

LE premier jour que Lycas vit Glycère,
Il lui jura le plus constant amour :
Par ce serment, qu'elle crut bien sincère,
Il captiva l'innocente bergère
    Le premier jour.

Le premier jour, cet amant si fidèle
A son ardeur mit un terme bien court;
Car, en quittant l'aimable pastourelle,
Il oublia ses serments et la belle
    Le premier jour.

Le premier jour, gardez-vous de vous rendre,
O vous, beautés à qui l'on fait la cour :
Quand d'un amant on ne sait se défendre,
Souvent, hélas! il cesse d'être tendre
    Le premier jour.

Le premier jour, ô ma jeune maîtresse,
Ne vit point naître et mourir mon amour;
Et je sens bien, à ma vive tendresse,
Que j'aimerai long-temps après l'ivresse
    Du premier jour.

L'INDIFFÉRENCE VAINCUE.

Du dieu d'amour, dont on vantait l'empire,
J'avais long-temps ignoré le pouvoir ;
Mais pour Zaïs aujourd'hui je soupire...
Sans l'adorer, ah! qui pourrait la voir ?

Zaïs, semblable à la rose nouvelle,
En rougissant nous offre mille appas :
Tout à-la-fois nous charme en cette belle,
Et cependant Zaïs ne le sait pas.

De nos bergers la bergère insensible
N'écoute point les serments et les vœux ;
Mais je lui parle... et son trouble visible
Me fait penser que je suis plus heureux.

Ah ! si jamais, à l'amour asservie,

Zaïs daignait m'assurer de sa foi,

Pour concevoir le bonheur de ma vie,

Il vous faudrait l'aimer autant que moi !

LE SOUVENIR.

J'AI souvenir des lieux de ma naissance,

Où de mes jours s'écoula le printemps ;

Où, dans les jeux de l'aimable innocence,

Le plaisir seul marquait tous mes instants.

J'ai souvenir des doux soins qu'une mère

A mon enfance y prodigua jadis ;

Et chaque jour son image si chère

Revient s'offrir à mes yeux attendris.

J'ai souvenir de la sensible amante,

Unique objet de ma constante ardeur ;

A ma pensée elle est toujours présente,
Et semble encor m'inviter au bonheur.

J'ai souvenir de cet ami fidèle
Qui me prouva son zèle tant de fois ;
De l'amitié c'était le vrai modèle,
Et sur mon cœur il en eut tous les droits.

Jours fortunés, charme de ma jeunesse,
Vous avez fui pour ne plus revenir ;
Et du bonheur, aux jours de la vieillesse,
Mon cœur, hélas ! n'a que le souvenir !

LE RECUEILLEMENT.

Je vois déja la nuit dans ces vallons descendre ;
Tout est silencieux, l'air est pur et serein ;
L'oiseau dans les bosquets ne se fait plus entendre ;
Le torrent seul gémit dans le lointain.

Je jouis du repos de la nature entière ;
Dans le recueillement il a plongé mon cœur :
Je rêve au fond des bois, tranquille et solitaire,
    Et d'un beau soir j'y goûte la fraîcheur.

Dans ces heureux instants, je songe à ce que j'aime ;
Le plus doux sentiment vient alors m'animer ;
Je sens tout mon bonheur, et me dis à moi-même
    Qu'il n'en est point si l'on ne sait aimer.

LE ROSSIGNOL.

Auprès des bords délicieux
    D'une onde fugitive,
Gémit en sons mélodieux
    Philomèle plaintive :
Elle enchante dans ces beaux lieux
    La nature attentive.

13.

Je viens jouir de ses accents
Dans le sombre bocage :
Quels accords purs et ravissants,
Quel gracieux ramage !
Du plus tendre des sentiments
C'est le touchant langage.

Que ce chant dicté par l'amour
A de charme et d'empire !
L'écho des vallons d'alentour
Se plaît à le redire ;
L'amant, vers le déclin du jour,
En l'écoutant soupire.

Ah ! je sais aimer comme toi,
Hôte du bois paisible :
Celle dont j'ai reçu la foi
Règne en mon cœur sensible ;
Mais, pour la chanter, prête-moi
Ta voix tendre et flexible.

LES CONSEILS DE L'AMANT.

Fleur printanière,
Rose légère,
O ma bergère,
Brille un seul jour :
Toujours Zéphyre
Auprès soupire,
Et semble dire,
« Cède à l'amour!

« Fille de Flore,
« Toi que j'adore,
« De ton aurore
« Songe à jouir :
« Le temps bien vîte
« Se précipite,

« Et nous invite

« Au doux plaisir. »

Ah ! de Zéphyre,

Qu'Amour inspire,

Belle Thémire,

Suis la leçon :

C'est dans l'ivresse

De la jeunesse

Que la tendresse

Est de saison.

Que notre vie,

O mon amie,

Soit embellie

Par les amours :

Lorsque l'on aime

D'amour extrême,

Bonheur suprême

Charme nos jours.

L'INCONNU.

Dᴀɴs ce paisible et champêtre village,
Un étranger l'autre jour est venu :
Mes yeux jamais n'avaient vu son visage...
Il fut par moi traité comme inconnu.

Lorsqu'il voulut m'exprimer sa tendresse
A ses discours je n'ai point répondu :
Doit-on jamais flatter dans son ivresse
Un jeune amant qui nous est inconnu ?

D'un accueil froid l'on me dit qu'il m'accuse...
Avec froideur, ah ! si je l'ai reçu,
Je puis du moins lui dire pour excuse :
Jeune étranger, vous m'étiez inconnu.

Jeune étranger, que je voudrais connaître,

Pourquoi sitôt avez-vous disparu ?

Ah ! dans ces lieux vous reviendrez peut-être...

Vous cesserez alors d'être inconnu.

LA DOUCE PAIX.

La douce paix

Habite cet heureux rivage ;

Le zéphyr règne en ces bosquets ;

L'onde y murmure sous l'ombrage ;

Et j'y respire, à l'abri du feuillage,

La douce paix.

La douce paix

Jadis à mon cœur fut ravie.

Épris de ses jeunes attraits,

J'adorai l'ingrate Sylvie ;

Et je perdis le bonheur de la vie,
La douce paix.

La douce paix,
Que m'enleva la pastourelle,
Dans mon ame rentre à jamais :
J'ai fui cette amante infidèle ;
Et dans ces lieux je retrouve, loin d'elle,
La douce paix.

LE BERGER MALHEUREUX.

Un berger triste et solitaire,
Par sa bergère délaissé,
Contre l'Amour qui l'a blessé
Exhalait cette plainte amère :
Dieu tyran des cœurs,
Source de mes peines,
Tes fatales chaînes
N'offrent que des plaisirs trompeurs !

C'est au bord de cette onde pure

Qu'Églé sentit tes premiers feux ;

C'est ici que je fus heureux

Près de cette amante parjure.

  Dieu tyran des cœurs, etc.

Ces doux plaisirs goûtés près d'elle,

Ces moments si vîte passés,

De son ame sont effacés,

Et ne touchent plus l'infidèle.

  Dieu tyran des cœurs, etc.

Hélas! au sein de ces bocages,

Qui peut encor me retenir?

Le bonheur a fui ces ombrages,

Et ne saurait y revenir!

  Dieu tyran des cœurs,

   Source de mes peines,

   Tes fatales peines,

N'offrent que des plaisirs trompeurs!

L'HIRONDELLE.

Hirondelle si jolie,
Combien j'aime tes accents !
Par ta douce mélodie,
Tu charmes toujours mes sens.

Quand je vois le jour paraître,
Je t'écoute gazouiller,
Et tes fils, à ma fenêtre,
Dans leur berceau babiller.

Ta tendresse maternelle
N'aura jamais à gémir ;
Jamais une main cruelle
N'osera te les ravir.

Quand la saison rigoureuse
T'éloignera de mes yeux,

Songe, si tu fus heureuse,

A revenir dans ces lieux.

Hirondelle si gentille,

Oui, reviens toujours chez moi,

Et que ta jeune famille

Vienne y loger avec toi.

LE TOMBEAU D'ISMÈNE.

O mon Ismène! objet trop plein de charmes,

Le sort cruel t'enlève à ton amant!

Dans ce tombeau tu dors paisiblement,

Et moi j'y viens pour répandre des larmes.

C'en est donc fait! et celle que j'adore,

Mes tristes yeux ne peuvent plus la voir!

La mort, hélas! est mon unique espoir...

Le tombeau seul peut nous unir encore.

Quand je me vois privé de mon amie,
Réduit sans cesse à pleurer son trépas,
Dans mon malheur, est-il rien ici-bas
Qui doive encor m'attacher à la vie ?

Toi qui perças mon cœur d'un trait de flamme,
Cruel Amour ! tu n'es qu'un dieu trompeur :
Tu me faisais espérer le bonheur,
Et la douleur règne seule en mon ame !

SAPHO.

Par Phaon trahie,
La tendre Sapho
D'une triste vie
Traîne le fardeau.
Sa bouche sans cesse
Aux monts, aux forêts,
Chaque jour adresse
Ces touchants regrets :

O toi que j'adore,

Qui fais mon tourment,

Dois-je aimer encore

Un perfide amant ?

Loin de cette rive

Tu fuis, inhumain !

Et Sapho plaintive

Te rappelle en vain.

Oui, malgré ses larmes,

Tu portes ailleurs

Tes funestes charmes,

Source de ces pleurs !

Une autre, plus belle,

Pourra t'enflammer ;

Mais nulle comme elle

Ne saura t'aimer.

Filles de Mémoire,

Adieu sans retour !

Que me sert la gloire

En ce triste jour ?
Quand Phaon m'oublie,
Quand sa trahison
M'arrache la vie,
Qu'impor&mon nom ?

Ah ! lorsqu'en mon ame
Le trépas enfin
Éteindra la flamme
Dont brûle ce sein ;
Que Phaon plus tendre,
Touché de mon sort,
Recueille ma cendre,
Et pleure ma mort !

L'AMOUR VENGÉ.

La naïve et modeste Annette,
Du hameau simple bergerette,
    Disait souvent tout bas :
    « L'amour est un délire,
    « Et sous son fol empire
    « On ne me verra pas. »

Ainsi parlait cette bergère...
Mais l'enfant ailé de Cythère
    Jure de s'en venger ;
    Et dans l'instant le traître
    A ses yeux fait paraître
    Un jeune et beau berger.

D'un feu soudain elle s'enflamme,
Et de l'amour au fond de l'ame

Sent le trouble fatal ;
Mais, dans sa peine extrême,
A cet objet qu'elle aime
N'ose avouer son mal.

Dans la sombre mélancolie
Languit la bergère jolie...
   Mais le dieu des amours,
   Après cette vengeance,
   De sa longue souffrance
   Veut terminer le cours.

Alors, à l'amant qu'elle adore
Du même feu qui la dévore
   Il inspire l'ardeur ;
   Et de la bergerette
   Bientôt l'hymen s'apprête
   A combler le bonheur.

Depuis lors Annette, plus sage,
Répète aux filles du village :

14

« Ne dites point tout bas :

« L'amour est un délire,

« Et sous son fol empire

« On ne me verra pas. »

LES VOEUX DE L'AMANT.

TENDRES oiseaux, par votre doux ramage,

De ma Daphné fixez ici les pas ;

Sombres ormeaux, prêtez-lui votre ombrage,

Ou bien pour moi vous n'avez plus d'appas.

Aimables fleurs, que la saison nouvelle

Sème par-tout dans cet heureux climat,

Charmez toujours les regards de ma belle,

Ou bien pour moi vous n'avez plus d'éclat.

Zéphyr léger, qui voles dans la plaine,

De leurs parfums porte-lui la douceur ;

Fais-lui sentir ton agréable haleine,
Ou-bien pour moi tu n'as plus de fraîcheur.

Ruisseaux charmants, dont les eaux toujours claires
De ces beaux lieux s'éloignent à regret,
Retenez-la sur vos bords solitaires,
Ou bien pour moi ces bords n'ont plus d'attrait.

Et toi, bosquet! sous ton ombre secrète
Quand je la chante au fond de ce berceau,
Que ma Daphné chérisse ta retraite,
Ou bien, hélas! tu deviens mon tombeau.

LA BERGÈRE INSENSIBLE.

Dans ces vallons je vis la jeune Estelle,
Et feu d'amour pénétra tous mes sens.
De nos hameaux elle était la plus belle;

14.

Mais la rigueur de cette pastourelle,
Las! égalait ses charmes ravissants.

Que n'ai-je fait pour fléchir la bergère!
Soins empressés, et serments amoureux,
Pleurs qui mouillaient ma brûlante paupière,
Rien ne toucha cette beauté sévère,
Et le bonheur disparut à mes yeux.

Si dans la vie il est un bien suprême,
C'est pour deux cœurs unis d'un même amour;
Mais pour l'amant quelle douleur extrême,
Lorsqu'à ses feux la bergère qu'il aime
Ne daigne point accorder de retour!

Dieu des amours, ne sois pas inflexible!
Soumets enfin Estelle à ton pouvoir:
Verse ta flamme en son cœur insensible;
Ou rends le mien à ce calme paisible
Que je perdis quand tu me la fis voir.

LE REPENTIR.

O toi qui règnes sur mon cœur,
Trop digne objet de ma tendresse,
Pardonne, hélas! à mon erreur,
Pardonne un instant de faiblesse!

Ah! si, dans mon égarement,
J'oubliai quelque temps tes charmes,
Combien à ton coupable amant
Ce moment a coûté de larmes!

Depuis que je fus criminel,
Je gémis quand le jour m'éclaire;
La nuit, par le remords cruel,
Le doux sommeil fuit ma paupière.

Le chagrin ne me quitte pas
Dans la solitude profonde;

Il s'attache encore à mes pas
Au milieu des plaisirs du monde.

Ah! prends pitié de la douleur
Dont le poids accable ma vie!
Daigne me rendre le bonheur,
Daigne me rendre mon amie.

L'HIVER.

Dans ces bosquets, dépouillés de verdure,
Le sombre hiver exerce sa rigueur;
Et ses frimas, comme dans la nature,
Ont fait passer la tristesse en mon cœur.

Charmants oiseaux, l'écho de ce rivage
Ne redit plus vos chants mélodieux;
Oiseaux, en vain vous y cherchez l'ombrage
Où vous cachiez vos plaisirs amoureux.

Ah! comme vous, à l'ombre du mystère,
Je fus jadis heureux dans ce séjour...
Mais il n'a plus sa beauté printanière,
Et ce n'est plus l'asyle de l'amour.

Consolons-nous, habitants du bocage;
Ces lieux bientôt reverront les zéphyrs :
Ils y feront renaître le feuillage,
Ils y feront renaître nos plaisirs.

LE CHARME DE LA NUIT.

O nuit! mère du sommeil,
Paisible reine des ombres,
Viens sur l'horizon vermeil
Étendre tes voiles sombres :
Que les feux du dieu du jour
S'éteignent par ta présence;

Et, dans les cieux à son tour,
Que Phébé règne en silence.

Tout est calme dans ces lieux :
Du solitaire bocage
A peine un souffle amoureux
Agite l'épais feuillage ;
Les vallons sont en repos,
Et Philomèle qui chante
Frappe seule leurs échos
De sa voix pure et touchante.

O nuit! quel ravissement
Dans mon ame tu fais naître!
Qu'avec transport un amant
De tes charmes se pénètre!
Plein d'espoir, de volupté,
Son cœur s'enflamme et soupire ;
Et, par toi, de la beauté
Il ressent mieux tout l'empire.

Tandis que dort ma Zélis,

Peins-lui ma vive tendresse;

Qu'Amour en son cœur épris

Répande sa douce ivresse;

Et demain, à son amant,

Qu'elle dise, après ce songe :

Ah! ce rêve si charmant

Ne fut donc point un mensonge !

BAISERS D'AMOUR.

LORSQUE ma bouche, en sa brûlante ardeur,
Vient effleurer ta bouche demi-close,
Je crois des dieux savourer le bonheur,
Et respirer le parfum de la rose.

Quand sur ta bouche, énivré de plaisir,
Baiser d'amour tendrement je dépose,

Mon ame semble à la tienne s'unir
Dans ce baiser sur tes lèvres de rose.

Mais à quitter ces paisibles climats
Le sort jaloux veut que je me dispose,
Et va bientôt me refuser, hélas!
Baisers d'amour sur tes lèvres de rose.

Ah! si je cède à ce cruel destin,
Si j'obéis à la loi qu'il m'impose,
C'est dans l'espoir de retrouver enfin
Baisers d'amour sur tes lèvres de rose!

LES REGRETS.

Moments charmants d'un amoureux délire,
Jours fortunés! qu'êtes-vous devenus?
J'étais aimé de la jeune Thémire,
Et Thémire ne m'aime plus!

Ah ! sur la terre puis-je encore
Goûter un instant de bonheur ?
De cette ingrate que j'adore
Je ne possède plus le cœur.

Dans ces beaux lieux, sur cette aimable rive,
Je ne vois plus ses ravissants attraits ;
En l'appelant, ma voix triste et plaintive
S'épuise en stériles regrets.

Ah ! sur la terre puis-je encore, etc.

Souvent je cherche à bannir de mon ame
L'objet fatal qui trouble mon repos ;
Mais c'est en vain... et je sens que ma flamme
S'accroît, hélas ! avec mes maux !

Ah ! sur la terre puis-je encore
Goûter un instant de bonheur ?
De cette ingrate que j'adore
Je ne possède plus le cœur.

L'AMANT SAUVÉ DU NAUFRAGE.

Sous l'empire du dieu d'amour
Quand mon ame était asservie,
Je crus, au milieu de sa cour,
Trouver le bonheur de la vie.
Dans ce dieu volage et trompeur,
Je vis le plus aimable guide;
Et sans crainte, en ma folle erreur,
Je suivis sa trace perfide.

Pour prix de ma crédulité,
Le traître égara ma jeunesse;
Au lieu de la félicité,
Il m'offrit sa fatale ivresse :
Des déplaisirs les plus cruels
Il fut pour moi l'unique source,

Et sur des écueils éternels
Dirigea ma pénible course.

Tel qu'un pilote sur les mers,
Jouet des flots et de l'orage,
Parmi mille dangers divers,
J'allais succomber au naufrage...
Mais, par le plus heureux effort,
J'ai vaincu l'onde menaçante,
Et pour toujours au sein du port
J'ai fixé ma nacelle errante.

UN MOT DE TOI.

Qu'un mot de toi m'agite étrangement!
En t'écoutant, mon cœur bat et soupire...
Si de l'amour ce n'est le sentiment,
Ah! comment donc nommer ce que m'inspire
Un mot de toi?

Un mot de toi me délivre soudain

Des noirs accès de la mélancolie ;

Il ne me faut, pour bannir mon chagrin,

Et pour me rendre à l'aimable folie,

Qu'un mot de toi.

Un mot de toi me console toujours

Quand tu m'écris dans le temps de l'absence ;

Mais la tristesse obscurcit tous mes jours

Quand je n'ai point, pour calmer ma souffrance,

Un mot de toi.

Un mot de toi ferait tout mon bonheur,

S'il répondait à l'amour le plus tendre :

Ton amitié flatte toujours mon cœur ;

Mais mon amour gémit encor d'attendre

Un mot de toi.

L'ORAGE CALMÉ.

Je n'entends plus, dans la forêt profonde,
Des noirs autans retentir les efforts ;
Dans le lointain le tonnerre qui gronde
Ne trouble plus les échos de ces bords :
Tout se ranime, et la terre féconde
A de la pluie imbibé les trésors.

Ne crains plus rien, ô charmante Glycère !
Le calme enfin renaît dans ce séjour...
Ah ! profitons de ce calme prospère ;
Livrons nos cœurs aux doux transports d'amour :
La vie, hélas ! n'est que trop passagère,
Et le bonheur fuit souvent sans retour.

Tu n'entends plus, dans la forêt profonde,
Des noirs autans retentir les efforts ;

Dans le lointain le tonnerre qui gronde
Ne trouble plus les échos de ces bords :
Les oiseaux seuls au murmure de l'onde,
Pour nous charmer, unissent leurs accords.

HÉRO.

Bravant la nuit obscure et la vague écumante,
Léandre nageait vers la tour
Où, chaque soir, de son amante
Le fidèle signal éclairait son retour.
Héro, d'une oreille craintive,
Écoutait le fracas des flots de l'Hellespont ;
Et, seule sur l'humide rive,
Priait ainsi les dieux de l'abîme profond :

« Divinités des mers, ma bouche vous implore !
« Daignez dissiper mon effroi ;

« Protégez l'objet que j'adore,

« Qu'il puisse, sans danger, arriver jusqu'à moi !

« Pour lui, du sein de votre empire,

« Que les fiers aquilons aujourd'hui soient bannis,

« Et que du paisible Zéphyre

« Le souffle règne seul sur les flots aplanis.

« Mère du dieu d'amour, fille aimable de l'onde,

« Vénus ! entends aussi ma voix :

« Tu sais calmer la mer qui gronde,

« Et la nature entière obéit à tes lois.

« Et toi, qui chéris le mystère,

» Pour qui ma main tremblante allume ce fanal,

« Ne permets pas, dieu de Cythère,

« Qu'à deux tendres amants il soit jamais fatal !

« Mais j'aperçois déja de la faveur céleste

« Les témoignages éclatants !

« Je ne crains plus rien de funeste

« Ni des flots orageux, ni des vents inconstants.

« Je vois Léandre qui s'avance...

« Je vais encore ici le presser sur mon cœur !

« L'amour, la nuit et le silence,

« Tout, en ces doux moments, assure mon bonheur. »

LA DOUBLE ERREUR.

Une jeune et tendre bergère,
Coulant ses jours dans la langueur,
A l'écho du bois solitaire
Confiait ainsi sa douleur :
C'est donc en vain que je soupire
Et que je me plains chaque jour !
Celui qui cause mon martyre
Est insensible à mon amour.

Mon troupeau, qui charmait ma vie,
Hélas ! ne fait plus mon bonheur ;
Mon oreille n'est plus ravie
Des sons du chalumeau flatteur ;
Au bord de la fontaine claire

Sans plaisir je porte mes pas...
Rien désormais ne peut me plaire,
Puisque Lycas ne m'aime pas !

Caché sous le sombre feuillage,
Lycas avait tout écouté ;
Aussitôt il sort du bocage,
Et lui dit, d'amour transporté :
O toi pour qui mon cœur soupire,
Quelle erreur nous trompait tous deux !
Tu gémissais de ton martyre,
Je me croyais seul malheureux.

J'adorai ta grace touchante
Du jour où je vis tes attraits ;
Mais toujours mon ame tremblante
Te dérobait ses feux secrets.
Aujourd'hui le hasard m'assure
Que le cœur d'Estelle est à moi ;
Et moi, bergère, je le jure,
Je ne veux vivre que pour toi.

L'EXHORTATION AMOUREUSE.

Aimons sans cesse, ô ma charmante amie!
Et jouissons du printemps de nos jours ;
Car la nature, en nous donnant la vie,
De nos plaisirs a borné l'heureux cours.

Le tourtereau vient de se faire entendre ;
En sons touchants il prolonge sa voix :
C'est le plaisir qui, d'une voix si tendre,
Le fait ainsi soupirer dans nos bois.

Parmi les fleurs dans ces bosquets écloses,
Vois le zéphyr légèrement glisser ;
En se jouant dans ces touffes de roses,
Avec amour il va les caresser.

Rien à l'Amour ne peut être rebelle :

Sa loi commande à ce vaste univers ;

Aux traits divins de sa flamme immortelle

On voit céder tous les êtres divers.

O mon amie! imitons leur exemple,

Et de ses feux laissons-nous pénétrer :

Du dieu d'amour ces beaux lieux sont le temple,

Et c'est le dieu qu'il y faut adorer.

LES TROIS ILES DE LA VIE.

LA vie est un vaste océan,

Où parfois voltige Zéphyre,

Mais que l'impétueux Autan

Tient plus souvent sous son empire.

En voguant sur cet élément.

Craignez sans cesse quelque orage ;
Et songez bien qu'à tout moment
Vous pouvez y faire naufrage.

L'Amitié, l'Amour et Plutus,
Y règnent chacun dans une île :
Celle qui nous séduit le plus
Du dieu des trésors est l'asyle.
Tout le monde court y chercher
La source de l'or sans rien craindre ;
Mais souvent, tout près d'y toucher,
On périt sans pouvoir l'atteindre.

Par mille appas, l'île d'Amour
Plaît à notre vue enchantée ;
Et, sans risque, on croit chaque jour
Gagner cette terre vantée.
Mais, hélas ! des rochers affreux
Sous les flots en bordent la plage ;
Et les nochers les plus fameux
Vont échouer sur ce rivage.

D'Amitié l'île a moins d'attraits,

Mais elle n'est point dangereuse,

Et fournit des abris secrets

Contre la vague furieuse.

Lorsqu'Amour a vu sur ses bords

Se briser votre esquif fragile,

Ah! pour sauver vos jours alors,

Amitié seule offre son île !

L'EXIL [1].

Je ne puis plus ni te voir ni t'entendre ;

Dans les déserts tu fuis seul loin de moi !...

Mais sur ces bords je veux aussi me rendre..

Je veux y vivre et mourir avec toi !

Un vil tyran pourrait-il me défendre

De me soustraire à son indigne loi ?

[1] Cette romance et les trois suivantes sont de madame Cunyngham.

Comment, hélas! t'exprimer ma détresse,
Lorsque je vois que tu quittes ces lieux?
Ah! si tu sais jusqu'où va ma tendresse,
Si tu connais tout l'excès de mes feux,
Permets-moi donc, permets à ta maîtresse
D'accompagner un amant malheureux!

O mon ami! quand le destin t'exile,
Ne dois-je pas partager tes douleurs?
Puisqu'à jamais il faut fuir cet asyle,
Que notre amour console au moins nos cœurs:
Cherchons ensemble un séjour plus tranquille,
Où nous puissions oublier nos malheurs.

LE CHARME DE L'HYMEN.

Doit-on craindre le mariage
Quand on possède un tendre époux ?
On dit que c'est un esclavage,
Mais que cet esclavage est doux !
Près de l'hymen on peut encore
Retenir le dieu des amours ;
Et ce dieu charmant que j'adore
Embellit encore mes jours.

Si parfois d'un sombre nuage
L'horizon vient à se couvrir,
Je conjure soudain l'orage,
Et je le vois s'évanouir.
Le sentiment, la complaisance,
D'un époux ramènent le cœur ;
Par la douceur et la constance,
On triomphe de sa froideur.

Bientôt, adorable Hyménée,

Tous mes vœux seront accomplis !

A mon union fortunée

De nouveaux bienfaits sont promis.

Oui, la tendresse maternelle

Déja se répand-en mon cœur...

Je le sens enflammé par elle,

Et ne respire que bonheur !

LA FAUVETTE.

Près de moi, jeune fauvette,

Viens promptement voltiger ;

Ne crains rien, je suis seulette,

Et je chante mon berger.

Par ta voix légère et tendre,

Combien tu sais me charmer !

Lorsque tu te fais entendre,
On est forcé de t'aimer.

Assise sous la coudrette,
J'attends ici mon amant ;
Comme toi, jeune fauvette,
Il sait aimer tendrement.

Des bergers de ce village
Colin est le plus charmant ;
Il joint au plus doux visage
La douceur du sentiment.

Comme toi, fauvette aimable,
Nous chérissons ce séjour ;
Et, sous cette ombre agréable,
Nous chantons aussi l'amour.

L'INFIDÉLITÉ.

Quoi! tu t'éloignes sans retour,
Et me ravis toute espérance!
Hélas! le prix de mon amour
Est donc ta froide indifférence!
Où sont ces jours où je goûtais
Une volupté si paisible?
Je t'adresse en vain mes regrets...,
Cruel! tu restes insensible.

Mais faut-il mourir de langueur,
Quand l'infidèle m'a trahie?
Non, non, sachons de notre cœur
Bannir cette mélancolie.
Oublions cet ingrat berger,
Qui suit l'inconstance pour guide :

Sans remords il a pu changer,
Sans remords quittons le perfide.

Ah! s'il revoyait ces beaux lieux,
Témoins discrets de notre ivresse;
S'il pouvait lire dans mes yeux
L'excès de ma sombre tristesse...
Peut-être ce volage amant
Reviendrait à sa tendre Laure!
Alors plus de ressentiment...
Mon cœur le chérirait encore!

FIN DES ROMANCES ET DES CHANSONS.

TRADUCTION

DE LA PREMIÈRE ÉPÎTRE

DE L'ESSAI SUR L'HOMME,

POËME DE POPE.

ÉPITRE I.

Reddere fidus
Interpres.... Hor.

DE LA NATURE ET DE L'ÉTAT DE L'HOMME
RELATIVEMENT A L'UNIVERS.

Illustre Bolingbroke, écoute ici ma voix.
Laisse à l'ambition, au vain orgueil des rois,
Ces vulgaires objets dont leur ame est ravie;
Et puisque l'Homme, hélas! n'entre dans cette vie
Que pour ouvrir les yeux un moment et mourir,
D'un regard attentif consens à parcourir
Tous ses tableaux divers que ma muse retrace :
Dédale immense! où tout est pourtant à sa place;
Désert où croît la ronce, et jardin enchanteur

16

Où du fruit défendu tente le faible cœur.

Viens, suis mes pas ; entrons dans ces vastes campagnes ;

Poursuivons dans les bois, les plaines, les montagnes,

Jusqu'aux êtres vivants qui se cachent aux yeux

En rampant sur la terre, en s'élevant aux cieux ;

Observons la nature en sa marche féconde ;

Abattons la folie à l'aile vagabonde ;

Saisissons des humains les·différentes mœurs ;

Rions quand il le faut, combattons les erreurs :

Mais respectant un Dieu dans ses décrets augustes,

Montrons à l'Homme enfin que ces décrets sont justes.

I.

Quel fondement, d'abord, ont ces doctes débats

Sur Dieu qui règne au ciel, et sur l'Homme ici-bas ?

Ce qu'on en sait, voilà tout ce qu'on peut en dire.

Mais de l'Homme qui naît, et qui bientôt expire,

Voyons-nous quelque chose, après ces courts moments,

Qui serve à nous guider dans nos raisonnements ?

Et quoique du Très-Haut l'éternelle sagesse

Dans des mondes sans fin soit présente sans cesse,

Nos faibles yeux, parmi tous ces objets divers,
Ne l'aperçoivent pas hors de notre univers.

Celui qui peut sonder l'immensité profonde ;
Voir comment, pour former un système de monde,
Tant de célestes corps sont rassemblés entre eux,
Et comment sont unis les systêmes nombreux ;
Découvrir, dans les cieux, quelles autres planètes
Autour d'autres soleils ont leurs routes secrètes ;
Dire quels sont enfin les êtres différents
Qui peuplent, loin de nous, tous ces astres errants :
Celui-là seul, je crois, peut expliquer aux hommes
Pourquoi le Créateur nous fit tels que nous sommes.
Mais de cet univers as-tu vu les ressorts,
Quels degrés, quels liens unissent ce grand corps,
De leurs rapports divers l'admirable justesse,
Et leur force à-la-fois, et leur délicatesse ?
Insensé ! de ce tout si mince portion,
Peux-tu de son ensemble embrasser l'union ?
Est-ce toi donc, ou Dieu, dont la main souveraine
Du monde harmonieux soutient l'immense chaîne ?

16.

II.

Homme vain! prétends-tu savoir pour quel motif
Dieu t'a fait si borné, si faible, si chétif?
Dis-nous d'abord pourquoi (la chose t'est facile)
Tu n'es point plus borné, plus chétif, plus débile,
Que n'interroges-tu la terre d'où tu sors?
Demande-lui pourquoi les chênes sont plus forts
Et s'élèvent plus haut que les herbes modestes;
Ou demande à l'azur des campagnes célestes,
Pourquoi de Jupiter les gardes lumineux
Le cèdent en grandeur à cet astre pompeux?

Si nous reconnaissons que l'Artisan suprême
Ait en effet créé le plus parfait systême,
Où tout doit être plein, mais sans cohésion,
Où tout doit observer une gradation :
Alors, considérant chaque être dans sa classe,
On voit que l'Homme ici dut trouver une place;
Et de la question le seul point principal
Est de savoir si Dieu l'a placé bien ou mal.

Le mal qui des mortels excite le murmure,
Peut-être n'en est point aux yeux de la nature ;
Et même ce qui semble à l'Homme si fatal,
Peut et doit être un bien dans l'ordre général.
L'Homme marche en aveugle ; et le souverain Être
Opère par des lois qu'il ne saurait connaître.
Par mille mouvements, nous voyons les humains
Lentement accomplir leurs pénibles desseins ;
Par un seul, Dieu parvient au but qu'il se propose,
Et sait l'utiliser même pour autre chose.
Ainsi l'Homme qui semble établi par ce Dieu
Pour régner seul en maître en ce terrestre lieu,
Peut-être joue ailleurs un rôle secondaire,
Fait tourner quelque roue, agit sur quelque sphère,
Y tend à quelque but qu'on chercherait en vain :
On voit une partie, et non le tout enfin.

Quand le coursier fougueux saura pourquoi son guide
Le presse ou le retient dans son essor rapide ;
Lorsque le bœuf pesant connaîtra la raison
Pourquoi tantôt il ouvre un fertile sillon,

Tantôt sur les autels est victime sanglante,
Ou sur les bords du Nil divinité puissante :
Alors l'Homme, cet être orgueilleux et borné,
Saura pour quelle fin il agit, il est né ;
Pourquoi, les passions s'emparant de son ame,
Il souffre, espère, craint, se réprime, ou s'enflamme ;
Pourquoi ce jour enfin il gémit dans les fers,
Et demain sur le trône étonne l'univers.

Cesse donc de voir l'Homme imparfait dans son être ;
Conviens qu'il est parfait autant qu'il devait l'être :
Sa science est conforme à l'état qui l'attend ;
Son espace est un point, sa durée un instant.
Si dans quelque séjour le bonheur se rencontre,
Eh ! qu'importe quel temps ou quel lieu nous le montre ?
L'Homme, heureux en ce jour, l'est autant qu'un mortel
Que mille ans avant lui favorisa le ciel.

III.

L'Éternel a caché, pour toute créature,
Le livre du destin dans une nuit obscure.

Hors son état présent, il ne lui fait rien voir :
De l'Homme, à l'animal, il cache le savoir ;
Ce qu'il montre aux esprits, il le dérobe aux hommes.
Qui pourrait, sans cela, vivre en paix où nous sommes ?
Cet agneau qu'aujourd'hui tu vas faire mourir,
S'il avait ta raison, le verrait-on bondir ?
Joyeux jusqu'à la fin, il paît l'herbe fleurie,
Et lèche cette main qui doit trancher sa vie.
Heureux aveuglement ! toujours guidé par toi,
L'Homme suit ici-bas sa route sans effroi ;
Chaque être, comme un bien, t'a reçu de Dieu même,
De ce Dieu qui de tout est le maître suprême,
Qui considère tout, et voit d'un œil égal
Périr un conquérant ou le moindre animal,
Des atomes légers tout-à-coup cesser d'être,
Ou bien dans le néant des mondes disparaître.

Espère donc toujours, mais pas plus qu'il ne faut ;
Garde-toi, dans ton vol, de t'élever trop haut ;
Attends la pâle Mort, qui seule nous éclaire,
Et rends à l'Éternel un hommage sincère.

Du bonheur qui t'attend il ne te fait rien voir;
Pour ton bonheur présent, il te donne l'espoir.
L'Homme au fond de son cœur sent toujours l'espoir naître;
Jamais il n'est heureux, mais il espère l'être :
L'ame, inquiète ici sur son état futur,
S'élance incessamment vers l'avenir obscur.

Regarde l'Indien qui, sur ses bords sauvages,
Entend Dieu dans les vents, le voit dans les nuages.
Il n'a point ce savoir qui jusqu'au firmament,
Dans ses calculs abstraits, pénètre fièrement :
Mais, ne suivant en tout que la simple nature,
Dans son crédule espoir, son esprit se figure
Un ciel moins élevé, doux objet de ses vœux,
Par-delà les sommets de ses monts nébuleux;
Quelque monde meilleur dans des forêts profondes;
Quelque île plus heureuse au vaste sein des ondes,
Où l'esclave à la fin reverra tous les siens,
Loin des démons, et loin des avares Chrétiens.
Parmi les habitants de ce paisible empire,
Exister seulement est tout ce qu'il desire :
Des célestes Esprits, des brûlants séraphins,

Il ne demande point les attributs divins ;
Et pense que son chien, son compagnon fidèle,
Le suivra dans ces lieux où le destin l'appelle.

IV.

Viens, ô toi plus instruit! viens ici sagement
Contre l'arrêt du ciel peser ton sentiment ;
Nomme imperfection ce qui te paraît l'être ;
Décide hardiment que le souverain Être
Ici nous donne trop, là nous donne trop peu ;
Fais-toi de tout détruire un agréable jeu ;
Proclame que ce Dieu ne peut être équitable,
Si l'Homme sur la terre est jamais misérable :
Enfin s'il n'est point seul digne des soins du ciel,
Seul parfait dans ce monde, et dans l'autre immortel,
Alors arrache à Dieu le sceptre et la balance,
Juge les jugements de la Toute-Puissance,
Et sois ainsi le dieu du Dieu ton créateur.

C'est dans le fol orgueil qu'est toute notre erreur.
A nos raisonnements le seul orgueil préside ;

Il aspire au séjour où l'Éternel réside :
Tous sortent de leur sphère, et s'élancent aux cieux ;
L'Homme veut être un ange, et les anges des dieux.
Prétendant à ce rang dans l'empire céleste,
Si les anges n'ont eu qu'une chute funeste,
L'Homme, aveugle habitant du terrestre séjour,
Prétendant être un ange, est rebelle à son tour ;
Et même il pèche encor dès qu'il conçoit l'envie
De rompre en un seul point les lois de l'harmonie.

V.

« Ce soleil, dit l'Orgueil, c'est pour moi seul qu'il luit ;
« C'est pour moi seul encor que la terre produit ;
« Pour moi seul, la nature au printemps se réveille,
« Fait refleurir la vigne et la rose vermeille,
« Dont l'année à mes vœux, en des temps différents,
« Offre le doux nectar, les tributs odorants :
« C'est pour moi qu'en trésors la mine est abondante ;
« Que la santé jaillit de l'onde bienfaisante ;
« Pour me porter au loin les flots des mers sont faits ;
« Cette terre est mon trône, et ce ciel est mon dais. »

Mais ne voyons-nous pas la nature si sage
S'écarter de ce but que l'orgueil envisage,
Quand d'infectes vapeurs les airs empoisonnés
Portent la mort livide aux humains consternés ?
Quand l'affreux ouragan et la terre entr'ouverte
Des peuples, des cités ont conspiré la perte ?
« Non, me répondra-t-on ; c'est le tout à-la-fois,
« Et non point une part, qu'à ses puissantes lois
« Assujettit toujours la sagesse divine.
« Dans l'univers entier, depuis son origine,
« On ne trouve à ces lois que peu d'exception ;
« Et qu'est-il de parfait dans la création ? »
Eh ! pourquoi l'Homme alors le serait-il lui-même ?
Si tout ici doit tendre à son bonheur suprême,
La nature du but s'éloigne évidemment,
Et l'Homme prétend-il marcher plus sûrement ?
Ce bonheur ne dépend pas plus de la nature,
Qu'on ne voit constamment une atmosphère pure,
Des jours toujours sereins, des printemps éternels,
Et la sagesse enfin toujours chez les mortels.
Si l'ordre qu'établit la puissance céleste

N'est point bouleversé par l'orage ou la peste,
Pourquoi le serait-il par un Catilina?
Qui le sait? si ce n'est celui qui nous créa,
Qui forme les éclairs, les rapides tourmentes,
Soulève de la mer les vagues écumantes,
Lance au loin le tonnerre et la destruction,
Verse au cœur de César l'ardente ambition,
Ou déchaîne soudain, dans les champs de la guerre,
Le jeune fils d'Ammon pour châtier la terre?

Oui, c'est l'aveugle orgueil, c'est lui qui de tout temps
Dicta des fiers humains les faux raisonnements.
Au gré de son caprice, il arrange, il explique
Et le monde moral, et le monde physique;
Et chaque jour nous voit, par cet orgueil altier,
Ici, condamner Dieu, là, le justifier!
Se soumettre à ce Dieu, de qui tout est l'ouvrage,
Voilà le vrai devoir et la raison du sage.

Dans l'espoir d'être mieux, peut-être voudrais-tu
Que tout fût dans ce monde harmonie et vertu;

Qu'aucun vent n'agitât la mer impétueuse;
Qu'aucune passion ne troublât l'ame heureuse.
Mais enfin tout subsiste, en ce vaste univers,
Par l'éternel combat des éléments divers;
Et dans ces passions, dont la force t'entraîne,
Gisent les éléments de l'existence humaine.
De l'ordre général c'est ainsi que les lois
Règnent dans la nature et dans l'Homme à-la-fois.

VI.

Mais que veut donc cet Homme? En son délire étrange
Tantôt il monte au ciel, et voudrait être un ange;
Que dis-je? en ses desirs il n'est point satisfait,
S'il n'est encor plus grand, encore plus parfait :
Et tantôt il se plaint qu'ici-bas la nature
Ait de l'ours à son corps refusé la fourrure,
L'agilité des cerfs, la vigueur des taureaux.
Pour le servir, dit-il, naissent les animaux :
Mais de ces animaux quel serait donc l'usage,
Si tous leurs attributs devenaient son partage?
Libérale envers tous, mais sans profusion,

Mesurant à chacun sa juste portion,
La nature a doté les êtres innombrables
De moyens, de ressorts, d'organes convenables :
L'un a la force, un autre a la légèreté ;
Rien ne peut s'ajouter, rien ne peut être ôté.
Au plus simple animal quand le ciel est propice,
Verra-t-on l'Homme seul l'accuser d'injustice ?
Sera-t-il donc le seul, lui de raison pourvu,
Qui se plaigne de tout, s'il n'a tout obtenu ?

Si l'orgueil l'admettait, le bonheur sur la terre
Est d'agir, de penser sans sortir de sa sphère ;
Sans vouloir, en un mot, posséder ici-bas
Les facultés que Dieu ne nous accorde pas.
Pourquoi n'avons-nous point un œil microscopique ?
Sommes-nous moucherons ? voilà ce qui l'explique.
Serait-il bon, dis-moi, qu'avec de plus fins yeux,
Observant un ciron, on ignorât les cieux ?
Que la main, plus sensible, eût l'éternelle crainte
De recevoir des corps quelque funeste atteinte ?
Ou que, d'esprits trop vifs pénétrant son cerveau,
L'essence d'une fleur mît un homme au tombeau ?

Si des sphères du ciel la tonnante harmonie
Venait soudain frapper sa trop subtile ouïe,
Oh! qu'il voudrait alors pouvoir encor jouir
Du murmure des eaux, du doux bruit du zéphyr!
Ainsi la Providence est toujours sage et bonne,
Dans ce qu'elle refuse, et dans ce qu'elle donne.

VII.

Dans les êtres divers de la création,
Toutes les facultés ont leur gradation.
Depuis le faible insecte, enseveli sous l'herbe,
Jusqu'à l'Homme, qui règne en monarque superbe,
Qu'elles offrent par-tout un degré différent!
La taupe a l'œil voilé, le lynx l'a pénétrant.
Entre le chien chasseur qui parcourt la bruyère,
Et le lion cruel, que l'odorat diffère!
Quel contraste d'ouïe entre l'hôte des eaux,
Et celui dont la voix charme nos frais berceaux!
Quel toucher délicat dans l'agile araignée!
Elle sent, elle vit dans sa trame alignée.
Par quel sens toujours sûr, de l'aconit mortel,

On voit l'abeille extraire un salutaire miel !
Combien le porc est loin de l'instinct admirable
Du docile éléphant, à demi raisonnable !
De l'instinct animal et de notre raison,
Qu'elle est légère enfin la séparation !
Il cherche constamment à se rapprocher d'elle,
Et la barrière entre eux est pourtant éternelle.
Le souvenir ressemble à la réflexion ;
La pensée et les sens semblent en union :
Mais le ciel en créant les natures moyennes,
Voulut les renfermer dans des bornes certaines,
Et, malgré le penchant qui tend à les unir,
Elles s'efforceraient en vain de les franchir.
Par des degrés marqués l'une à l'autre asservies,
Elles nous sont par-là toutes assujetties :
Toutes les facultés qu'en chacune tu vois,
Notre seule raison les rassemble à-la-fois.

VIII.

Sur la terre, dans l'air, au vaste sein de l'onde,
Vois sans cesse enfanter la matière féconde.

Vois d'essaims animés, dans tous les lieux divers,
En ordre progressif se peupler l'univers :
Chaîne d'êtres sans fin! que Dieu même commence,
Qui des Esprits du ciel comprend la pure essence,
Homme, animal, oiseau, poisson, insecte; enfin
Ce que l'œil ou le verre observerait en vain,
De l'immense infini jusqu'à l'espèce humaine,
De là jusqu'au néant et son triste domaine.
D'un être plus parfait si nous prenions le rang,
Le nôtre serait pris par quelque être moins grand;
Ou la création éprouverait un vide
Qui romprait cet accord qui sans cesse y préside.
Qu'on brise dix anneaux ou dix mille d'un coup,
On n'interrompt pas moins l'enchaînement du tout.

Chaque systême suit un ordre invariable,
A ce tout étonnant toujours indispensable.
Cet ordre renversé, le systême périt,
Et de tout l'univers l'ordre même est détruit.
Que, sans appui, la terre échappe à son orbite;
Que les astres, sortant de leur route prescrite,

Soient en confusion dans l'espace emportés ;

Que les anges du ciel en soient précipités ;

Que les êtres vivants, que les mondes périssent ;

Que des cieux ébranlés les fondements fléchissent ;

Que la nature tremble, en ce commun effroi,

Jusqu'au trône éternel de son auguste roi !

Romps tout ce vaste ensemble... et pour qui ? pour toi-même

Vil insecte ! ô délire ! ô crime ! orgueil extrême !

I X.

Supposons que le pied, fait pour nous soutenir,

Que la main, qui chez nous au travail doit servir,

A devenir la tête aussitôt aspirassent ;

Que la tête, l'oreille, ou les yeux s'affligeassent

De n'être constamment que de simples ressorts,

Instruments de l'esprit qui gouverne ton corps :

Eh ! ne serait-ce pas la même extravagance

Que d'oser murmurer contre la Providence,

Contre ce grand Esprit qui régit l'univers,

Comme l'ame commande à tes membres divers ?

Ce monde est un seul tout, merveilleuse structure,

Dont l'ame est l'Éternel, et le corps la Nature.

Quoique diversement, ce Dieu s'offre en tous lieux :

Il est grand sur la terre autant que dans les cieux ;

Rayonnant dans l'étoile, ardent dans l'œil du monde,

Il fleurit dans la plante, il rafraîchit dans l'onde ;

Il vit, s'étend par-tout, sans être divisé ;

Produit incessamment, sans en être épuisé ;

Respire dans notre ame ; anime cette argile

Qui compose du corps l'édifice fragile :

Aussi plein et parfait dans les faibles cheveux,

Que dans le cœur gonflé d'un sang impétueux ;

Aussi plein et parfait dans l'Homme misérable,

Que dans l'ange témoin de sa gloire adorable :

A ses yeux rien n'est haut, bas, ni petit, ni grand ;

Il joint, borne, remplit le tout également.

X.

Cesse donc de prétendre, en ta triste manie,

Voir l'imperfection où règne l'harmonie.

Dans ce que nous blâmons est notre vrai bonheur.

Reste où le ciel t'a mis ; reconnais la valeur

Du juste aveuglement, de l'heureuse faiblesse
Qu'à dessein du Très-Haut te donna la sagesse.
Soumets-toi. Dans ce monde, en un monde à venir,
Attends tout le bonheur dont tu puisses jouir;
Et songe qu'en naissant, à ton heure dernière,
Sur toi veille sans cesse un pouvoir tutélaire.
La nature est un art qu'on ne peut concevoir;
Tout hasard, un dessein que tu ne saurais voir;
Tout désordre, un accord que tu ne peux connaître;
Tout mal particulier, pour l'ensemble un bien-être :
Et, malgré ton orgueil et ta fière raison,
Conclus que tout est bien dans la création.

FIN.

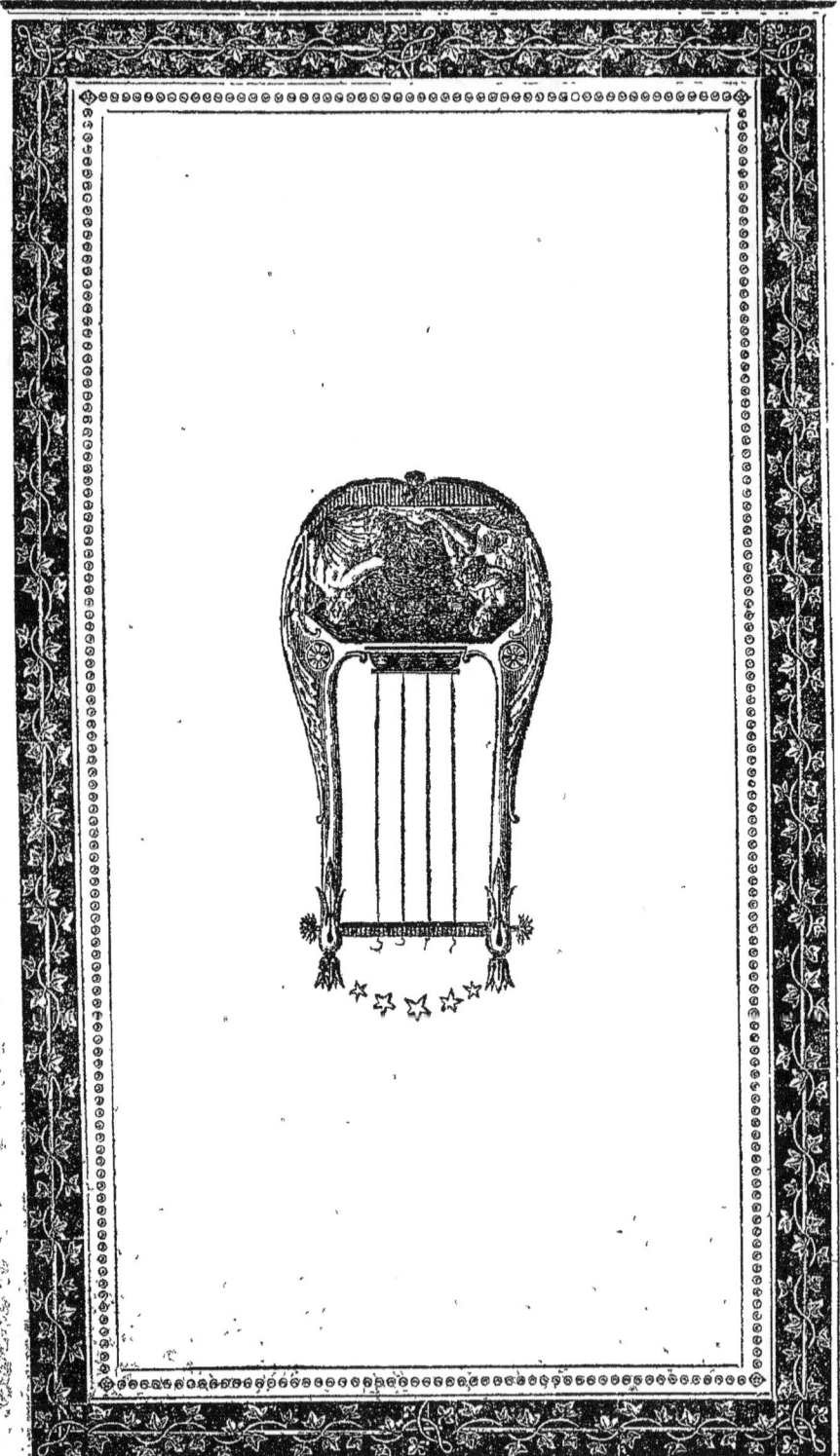

www.ingramcontent.com/pod-product-compliance
Lightning Source LLC
Chambersburg PA
CBHW070458030726
47503CB00004B/1098